Mörder, Diebe und Halunken

Für alle,
die mich antrieben,
diese Geschichten zu schreiben.
Für alle,
die mich ermutigten,
diese Geschichten zu veröffentlichen.

Ottilie Steinwarz

Mörder, Diebe und Halunken

10 Kurzgeschichten

Bibliografische Information der Deutschen Nationalbibliothek:
Die Deutsche Nationalbibliothek verzeichnet diese Publikation in der Deutschen Nationalbibliografie; detaillierte bibliografische Daten sind im Internet über http://dnb.dnb.de abrufbar.

Umschlagfoto: Roland Steinwarz

Herstellung und Verlag: BoD – Books on Demand, Norderstedt

ISBN: 978-3-8482-5154-4

Inhaltsverzeichnis

Die Weinflasche

Darius Leonhard räkelte sich auf seiner Liege. Er konnte von seinem Platz an der Strandpromenade vor dem Hotel zum Strand sehen. Dort spielte seine Frau Helen mit den Kindern. Er sah zu, wie sie eine riesige Sandburg auftürmten. Zufrieden nahm er seinen Cocktail und trank genüsslich einen Schluck. Vor einer Woche hatte er noch nicht an Urlaub zu denken gewagt.

Auf seinem Schoß lag eine Zeitung. Eine der Überschriften zwang ihn zu einem Lächeln. Es klang wirklich zu blöd: *Diebe schweißen Tresor zu.* Er las den kompletten Artikel: *Bei einem Einbruch in ein Firmengebäude in Neustadt zeigten sich die Täter von einer ausgesprochen tollpatschigen Seite. Sie durchwühlten das Inventar des Büros und hinterließen ein gewaltiges Chaos. Nachdem sie einen Safe entdeckten, versuchten sie diesen aufzuschweißen. Das Unterfangen endete allerdings mit einer Niederlage. Laut Polizeiangaben ließ sich der Geldschrank nach Vollendung des Werkes überhaupt nicht mehr öffnen. Die Panzerknacker verließen den Tatort ohne Beute. Einzig zurück blieb eine leere Weinflasche. Die Diebe genehmigten sich offensichtlich einen edlen Tropfen bei der Arbeit.* Darius musste lachen.

Vielleicht sollten die Ordnungshüter mal einen Blick in das Innere des Tresors werfen, dachte er und lehnte sich wieder entspannt nach hinten. In Gedanken ging er seiner letzten Arbeitswoche vor dem Urlaub nach.

Darius saß vor dem Computer und tätigte Überweisungen. Eine langweilige Tätigkeit, jedoch als Buchhalter war das eben sein Job.

Heute wollte er seinen Chef um die längst fällige Gehaltserhöhung bitten. Außerdem waren ihm beim Buchen eine Reihe merkwürdiger Überweisungsaufträge aufgefallen. Auf diese musste er unbedingt seinen Boss ansprechen. Wenn er alles durchrechnete, kam er auf einen Fehlbetrag von nahezu 2,7 Millionen Euro. Eine Riesensumme, die aber in einer Firma wie der Jahn GmbH nichts Ungewöhnliches darstellte. Es handelte sich auch durchgehend um kleinere, verbuchte Beträge. Allesamt gingen auf ein Konto von Konrad Jahn, allerdings nach Wellington in Neuseeland.

Darius stand auf und begab sich auf den Weg zu Jahn. Er lief die Treppe hinauf. Das Büro vom Chef befand sich im ersten Stock am Ende des Ganges. Man musste vorher noch an der Sekretärin vorbei, einer hübschen Erscheinung und immer freundlich. Doch Annika Reuss saß nicht an ihrem Platz, daher steuerte er direkt auf die Tür zum Arbeitszimmer seines Bosses zu. Er wollte gerade anklopfen, als er ihn von drinnen sagen hörte: »Dieser Darius Leonhard ist wahrhaftig der größte Trottel, der mir je begegnet ist.«

»Ich glaube vor lauter Zahlen erkennt der überhaupt nichts anderes mehr. Für den Fall, dass man ihn unten sieht, hängt er über seinen Belegen. Erfassen, tippen und speichern«, kam die vertraute Stimme von Annika.

»Ja, meine Liebe, aber er schnallt nicht mal was er bucht, geschweige denn wohin. Er ist genau so dämlich wie meine holde Gattin Christine, die rafft auch nie was.«

»Die merkt erst was, wenn du schon von ihr geschieden bist. Ich habe übrigens zwei Flugtickets für übermorgen besorgt, eins für dich und eins für mich. Außerdem einen guten Bordeaux für morgen Abend. Deine Lieblingssorte. Wie du gesagt hast«, säuselte Annika.

»Ein Château Pichon-Baron-Longueville von 1997. Hervorragend, mein Schatz. Die Flasche und die Tickets lege ich erstmal in den Tresor. Den Wein genießen wir dann nach dem Theaterbesuch. Gehen wir vorher was essen?«, fragte Konrad Jahn und gab ihr einen Kuss.

»Oh, eine prima Idee. Vielleicht ins Bella Casa. Okay, ich mache mich mal wieder auf. Sonst merkt womöglich doch jemand was«, lachte die Sekretärin.

Darius hörte sie auf die Tür zukommen, kehrte auf dem Absatz um, eilte in sein Büro zurück. Das Gehörte musste er erst einmal verdauen. Man hielt ihn also für ziemlich blöd. Was sollte er nur tun?

Er erledigte seine Arbeit als sei nichts geschehen und ging am Abend wie üblich nach Hause. Unterwegs kaufte er noch einen Strauß mit weißen und rosa Nelken. Helen liebte diese Blumen, feierte heute ihren zweiunddreißigsten Geburtstag. Darius hätte ihr so gerne ihren Traum, einen Urlaub am Meer, geschenkt. Aber bei seinem Gehalt waren keine großen Geschenke drin. Seine Frau und die beiden Kinder erwarteten ihn bereits.

Nachtsüber wachte er mehrmals auf, musste an das mitgehörte Gespräch denken. Er stand auf und schlich grübelnd in die Küche, trank aus einer Tasse Wasser. Ein guter Rotwein schmeckt besser, dachte er und schaute versonnen auf seinen Gänsewein.

Mit einem Mal kam ihm eine Idee. Er grinste und marschierte zurück in sein Bett. Den Rest der Nacht schlief er so gut wie lange nicht mehr.

Wie immer saß Darius vor seinem Computer und buchte, hier ein Storno, dort eine Überweisung. Er lächelte bei seiner Arbeit hin und wieder zufrieden. Heute wartete er sehnsüchtig darauf, dass es endlich Feierabend würde.

Annika Reuss trug ein schickes Kostüm, als sie bei ihm reinschaute und ihm einen schönen Abend wünschte. Den werde ich haben, dachte er und nickte ihr zu.

Eine halbe Stunde später erschien Konrad Jahn und sagte: »Tschüss. Malochen Sie nicht mehr so lange, mein Junge! Ihre Frau erwartet Sie sicherlich. Und eine erholsame Urlaubszeit!«

»Ihnen ebenfalls und einen guten Abend. Ich mache nur die letzten Überweisungen fertig. Die Gehälter müssen noch raus«, erwiderte Darius, und in Gedanken: eines von ungefähr 1,5 Millionen Euro für Christine Jahn und eins über die restlichen 1,2 Millionen für mich.

Darius hörte, wie die Außentür zuging. Er sah aus dem Fenster. Sein Chef stieg ins Auto und fuhr weg.

»Viel Spaß im Theater«, bemerkte er, allerdings zu sich selbst. Er befand sich nun allein in der Firma, alle anderen waren fort. Lächelnd erstellte er seine Anweisungen von Konrad Jahns Wellingtoner Konto.

Danach ging er zu seinem Wagen, holte eine Einkaufstasche aus Stoff und ein unförmiges, ziemlich schweres Paket aus dem Kofferraum. Leise pfeifend stieg Darius die Stufen ins Obergeschoss hinauf und trottete zum

Büro seines Chefs. Dort angekommen legte er die Sachen ab. Er ergriff den Stoffbeutel. Zuerst fischte er Einmalhandschuhe heraus, die er sofort anzog. Daraufhin kramte er eine leere Weinflasche, die in ein Tuch eingewickelt war, und einen Trichter aus dem Inneren des Beutels.

Darius schaute sich um. Er bemerkte einmal, als die Bürotür offen stand, dass Konrad Jahn den Tresorschlüssel aus einem Aktenregal nahm. Also suchte er in den Akten nach dem Schlüssel. Er fand ihn in dem Ordner mit der Bezeichnung *Buchungen*.

»Wie sinnig«, witzelte er. »Hm, mal sehen was wir da haben.«

Er öffnete den Tresor. Drinnen lagen zwei Flugtickets nach Wellington. Daneben befand sich ein recht teuer aussehender Bordeaux.

Auf dem Konferenztisch, der vor dem Fenster seinen Platz hatte, lag in einer Schale ein Korkenzieher. Er entkorkte den Wein, roch daran und dachte bei sich: Einen guten Geschmack kann man den beiden nicht abstreiten. Er nahm den Trichter und füllte den edlen Tropfen in die mitgebrachte Flasche um. Als er den Korken aufsetzte, erschien wieder das breite Grinsen auf seinem Gesicht. Er steckte sie in den Stoffbeutel. Die eben geleerte stellte er mitten auf Jahns Schreibtisch.

Darius *räumte* noch ein wenig das Büro auf. Er zog die Schreibtischschubladen heraus und leerte sie auf den Fußboden. Danach holte er die Akten aus den Regalen, zerriss einige Seiten und verstreute die Fetzen im Raum.

Neben dem Konferenztisch stand ein Mahagonischrank mit teuren Kristallgläsern und Getränken aller Art, auch den verschonte er nicht. Die Gläser zersprangen klirrend beim Aufprall, die Scherben verteilten sich auf dem Boden. Exklusive Liköre, Brände und ein Piccolo ergossen sich in einer malerischen Pfütze auf den edlen Teppich vor dem Schrank.

Er sah sich sein Werk an. »So, jetzt sieht es wie ein Einbruch aus. Sehr dekorativ! Aber eine Kleinigkeit fehlt noch ...«, bemerkte er.

Er schleppte aus seinem Büro eine Akte mit Buchungsunterlagen an, legte sie in den Tresor, die Tickets obenauf. Danach nahm er das Paket und holte einen Schweißbrenner heraus. Vor vielen Jahren benötigte er den für eine Autoreparatur. Seitdem lag er in der Garage herum. Nun sollte das teure Gerät seinen großen Einsatz haben.

Darius schweißte den Geldschrank zu. Anschließend packte er seine Sachen zusammen und verließ die Firma. Er hatte ab morgen Urlaub...

Ein ganz normaler Tag

Scheißwecker!«, raunzte Leo. Neidvoll blickte er auf Nina, die sich grummelnd umdrehte. Die hatte es gut, durfte sich ausschlafen. Aber er, er musste raus. Na ja, alles Ärgern half nichts, es war sein Job, der rief. Ausgerechnet Taxi fahren. Als Student konnte er nicht wählerisch sein. Sein Onkel besaß ein gutgehendes Taxiunternehmen, bot es ihm an. Er fuhr samstags, sonntags und an Feiertagen. In einer Stadt wie Bonn fanden sich immer Leute, die sich ein Taxi leisteten. Es war jedenfalls besser als bis in die Nacht hinein, irgendwelche Regale in Supermärkten einzuräumen. Er trank seinen Kaffee in kleinen Schlucken aus. War verdammt heiß, das Zeug. Wenigstens schien heute die Sonne. Vielleicht würde es doch ein schöner Tag. Frühstücken wollte er zwischendurch.

Er hauchte Nina einen Kuss auf die Wange, nahm seinen Anorak und verließ die Wohnung. Die fünf Stockwerke bis zur Tiefgarage lief er. Das war sein allmorgendliches Sportprogramm. Die Jacke schmiss er in den Kofferraum des cremefarbenen Mercedes.

»Guten Morgen, Celine«, gab er durch die Funkanlage.

»Morgen, Kleiner. Wie geht's?«

»Prima, Kusinchen. Ich fahr jetzt los. Erst mal zum Bahnhof.«

»Okay. Meld dich, wenn was ist.«

Er machte sich auf den Weg. Er erwischte den vordersten Platz auf dem extra für Taxis vorgesehenen Parkstreifen. Noch war keiner seiner Kollegen da. Die

Chancen standen gut, bald einen Kunden zu finden. Hier ging es immer der Reihe nach. Nun begann das Warten.

Um zehn Uhr fünfzehn trudelte der Regionalexpress ein. Nur wenige Reisende kamen aus dem Gebäude.

Eine ältere Dame kam zögerlich mit zwei Koffern auf seinen Wagen zu: »Sind Sie frei?«

Leo nickte ihr freundlich zu. Er stieg aus, hielt ihr die Tür auf. Sie wollte unbedingt im Fond sitzen. Das Gepäck verstaute er im Kofferraum.

»Wo möchten Sie denn hin?«, fragte er, während er wieder hinter dem Steuer Platz nahm.

»Nach Hause.«

Leo grinste: »Sagen Sie mir bitte noch, wo das ist?«

»Oh, entschuldigen Sie! Nach Godesberg, in die Zanderstraße«, antwortete sie lachend.

Er fuhr los.

»Ich fahre sonst immer mit Herrn Krämer. Das ist ein Kollege von Ihnen. Aber der ist wohl heute nicht da. Kennen Sie ihn?«

»Klar kenne ich den Theo. Der hat sich den Fuß beim Joggen verstaucht.«

»Oh, das tut mir leid. Wünschen Sie ihm gute Besserung von mir. Mein Name ist Mathilde Seibold. Dann wird er Bescheid wissen.«

»Ja, mach ich«, versprach Leo und fädelte sich in den Verkehr auf der B9.

»Ist wieder allerhand los auf den Straßen«, meinte sie. Nach einer kurzen Pause fügte sie hinzu: »Ich war in

Schwabstedt. Das ist in der Nähe von Friedrichstadt in Schleswig-Holstein. Da ist es viel ruhiger.«

»Verbrachten Sie dort Ihren Urlaub?«

»So könnte man es nennen. Meine Tochter lebt da oben mit ihrer Familie. Sie luden mich schon letztes Jahr ein.«

»Und warum besuchten Sie sie erst jetzt?«

»Ich habe fünf Kinder, alle verheiratet. Inzwischen bin ich Oma von neun Enkeln. Jeder möchte, dass ich zum Geburtstag und anderen Feiern zu ihm komme. Daher reise ich dauernd herum. Zwischendurch bin gerne mal zuhause und genieße die Ruhe.«

»Das kann ich verstehen«, entgegnete Leo, bog in die Zanderstraße ein und hielt vor dem angegebenen Gebäude.

»So da wären wir. Warten Sie, ich helfe Ihnen«, bot er an, während er bereits ausstieg, um die Tür zu öffnen und Frau Seibold beim Aussteigen behilflich zu sein.

Er holte die Koffer aus dem Wagen, derweil sie ihr Portemonnaie aus der Handtasche kramte, um zu bezahlen.

»Danke schön, junger Mann. War nett Sie kennenzulernen.«

»Gleichfalls. Vielleicht fahren wir ja noch mal zusammen?«

Leo blickte der alten Dame nach, bis sie im Haus verschwand. Celine gab ihm eine Adresse in Mehlem durch. Zwei Männer in dunkelgrauen Anzügen erwarteten ihn in der Mainzer Straße. Sie verstauten ihre Koffer im Heck des Wagens. Schweigend ließen sie sich zum

Flughafen kutschieren. Leo erinnerten die beiden an die Grauen Herren aus *Momo*. Er mochte etwas Unterhaltung während der Fahrt. Er verabscheute Dauerredner, die ununterbrochen faselten, ebenso wie absolut stumme Mitfahrer, die sich lieber einen MP3-Player ins Ohr stöpselten. Froh die schweigsamen Passagiere am Airport zu entlassen, half er ihnen, das Gepäck aus dem Kofferraum zu wuchten.

Zu seinem Glück stiegen sofort zwei neue Fahrgäste ein, ein junger Mann mit seiner Freundin. Sie plapperten munter vor sich her. Sie studierten Landwirtschaft und gönnten sich einen Urlaub in Griechenland. Sie wanderten dort mit ihren Rucksäcken von Insel zu Insel, lernten Land und Leute kennen. Leo schnappte von ihnen ein paar Worte Griechisch auf, bekam die traumhafte Landschaft beschrieben. Als sie am Bonner Bahnhof ankamen, nahmen sie lachend Abschied, wie uralte Freunde.

Leos Magen knurrte. Erst jetzt bemerkte er, dass es bereits Mittag war. Er hatte das Frühstück völlig vergessen. Er verabschiedete sich bei Celine. Etwas außerhalb gab es ein kleines Café, in dem man gut und günstig essen konnte.

Kaum meldete er sich nach einer knappen halben Stunde zurück, teilte ihm die Zentrale einen Kunden vor dem Beueler Bahnhof mit. Es handelte sich um einen jungen Mann, der sich auf dem Beifahrersitz niederließ.

»Wo soll's hingehen?«, fragte Leo.

»Ich muss in die Bonner Innenstadt. Da wartet ein Freund von mir. Den nehmen wir dann mit«, erklärte er.

Vor einem Fachgeschäft für Jagd- und Freizeitbekleidung hielt Leo an.

»Hi, Mike«, grüßte der Neuankömmling und gesellte sich nach hinten in den Wagen. Er trug einen schwer aussehenden Treckingrucksack mit sich, den er in den Fußraum stellte.

»Hi, Thomas. Hast du alles bekommen?«, wollte Mike wissen.

»Klar doch. War kein Problem.«

»Wo darf ich die Herren hinbringen?«, meldete sich Leo zu Wort.

»Wir müssen noch Simone abholen. Die wartet in Godesberg auf uns«, antwortete Thomas.

»Deine Freundin ist wirklich ein heißer Feger!«, meinte Mike.

»Deshalb hab ich sie mir auch ausgesucht. Außerdem hat sie Köpfchen. Ihre Ideen sind einfach super.«

»Wenn du sie nicht mehr willst, schnapp ich sie mir«, lachte sein Freund.

»Lass deine Finger bloß von ihr.«

Sie dirigierten Leo vor einen Baumarkt. Eine hübsche junge Frau, ebenfalls mit Rucksack, erwartete sie bereits. Sie stieg hinten ein und gab Thomas einen langen Kuss.

»He, ihr zwei. Könnt ihr das nicht auf später verschieben? Wo soll's eigentlich jetzt hingehen?«, mischte sich Mike ein.

Thomas befreite sich von seiner Freundin und nuschelte: »Zum Computerland.« Dann knutschten die beiden weiter.

»Zum Computerland. Wie die Herrschaften wünschen«, erwiderte Mike mit neidischem Blick nach hinten.

»Was gibt's denn da? Heute ist der Laden bekanntlich geschlossen«, fragte Leo.

»Das geht dich nichts an«, gab Simone zurück. »Wir sind Sammler. Du fährst und stellst keine Fragen. Verstanden?«

»Was soll das? Was sammelt ihr?«, erkundigte sich Leo.

»Null Anfragen hat sie eben gesagt«, knurrte ihn vom Rücksitz Thomas an.

»He, geht's euch gut? Ich hab doch nur wissen wollen...«

»Dem Boss stellt man keinerlei Fragen. Man tut einfach, was er sagt. Klar?«, erklärte Mike.

»Welchem Chef?«

»Halt's Maul!«, raunzte Thomas.

»Ich glaube, ihr steigt besser aus«, schlug Leo vor.

»Aussteigen? Hört euch den an«, meinte Simone mit einem breiten Grinsen.

»Niemand verlässt sobald deine Kutsche. Du bist unser Chauffeur. Wir verlassen deine Karosse erst, wenn wir fertig sind. Und das dauert noch ein Weilchen. Solltest du versuchen, uns irgendwie zu hindern, wirst du das bitter bereuen. Und jetzt fahr!«, drohte Thomas.

»Was habt Ihr vor?«

»Das geht dich einen Scheißdreck an!«, fauchte Simone.

»Ich werde sofort die Zentrale anfunken und die verständigen die Polizei.«

»Hört euch den Schlaumeier an!«, kicherte Thomas. Er hielt ein langes Jagdmesser in der Hand, zischte Leo zu: »Das wandert zwischen deine Rippen, wenn du nicht spurst!«

Leo gab Gas, fuhr zum Computerland und hoffte, die Bande würde ihn bald verlassen.

»Du passt auf ihn auf!« Thomas übergab das Messer an seine Freundin und stieg mit Mike aus.

Die beiden verschwanden in einem Seiteneingang. Die Zeit kroch dahin. Das Mädchen sprach kein Wort. Jedes Mal, sobald Leo sich umdrehte, hielt sie ihm die Waffe vor das Gesicht.

Die Uhr am Armaturenbrett zeigte fünfzehn Uhr an. Simone lehnte sich zurück und schaute aus dem Fenster. Leos Hand wanderte Richtung Funk. Er kippte den Schalter um, ohne dass sie es bemerkte.

»Was habt ihr eigentlich vor?«

»Sei nicht so neugierig!«

»Ihr glaubt doch nicht, dass ihr ungeschoren davonkommt?«

»Denke ich sehr wohl. Aber du wirst nicht so alt werden, dass du uns verpfeifen kannst. Brauchen wir dich nicht mehr, entsorgen wir dich einfach«, erklärte das Mädchen.

»Wie meinst du das?«

»Muss ich dir das erklären?«

»Die Polizei wird euch schon schnappen.«

»Wenn wir fertig sind, glauben die, du hättest Geldmangel. Wir legen dich um und drehen alles so, dass der Verdacht auf dich fällt.«

Sie schob sich einen Kaugummi zwischen die Zähne, sah ihn mit einem Blick an, der bedeuten sollte, dass Überfälle zu ihrem Tagesablauf gehörten.

»Wen wollt ihr denn ausrauben?«

»Halt's Maul!«, Thomas stieg ein, gefolgt von Mike, der ein großes Paket im Kofferraum verstaute.

»Erzähl ihm ruhig alles. Er weiß bereits, dass er den Abend nicht mehr genießen wird,« nuschelte Simone kauend.

»Meine Süße hat dich also informiert, worum es geht?«, feixte Thomas, packte sie unters Kinn und küsste sie.

»Nicht genau«, bohrte Leo nach.

»Okay, Mike erklärt's dir, während du Richtung Köln fährst.« Thomas wendete sich erneut seiner Freundin zu.

»Kennst du den Chef vom Autohaus Kuggelich und Co?«, wollte Mike wissen.

»In der Zeitung habe ich schon mal was über ihn gelesen.«

»Schön! Jedenfalls hat der eine Menge Zaster. Und wir möchten etwas davon abhaben. Der ist mit seiner ganzen Familie in die Karibik in Urlaub geflogen. Sein Bau ist leer. Nur ab und zu kommt ein Wachdienst vorbei. Immer im gleichen Rhythmus, kannst die Uhr danach stellen. Die Idioten!«, klärte Mike Leo auf, während aus dem Fond zwischendurch Kichern und leises Stöhnen ertönte. »Wartet ihr beiden da hinten bitte, bis ihr wieder zu Hause seid!«

»Nur kein Neid!«, fuhr Thomas seinen Kumpel an.

»Die nächste Ausfahrt geht's raus. Dann in Richtung See, zur Villa von dem alten Sack!« Mike war sauer auf seinen Freund.

Leo glitt schweigend den angegebenen Weg entlang. Das letzte Stück führte über eine schmale Kastanienallee. Die Straße endete in einem Parkplatz, der von Rosenbeeten umgeben war.

»Halt da!«, befahl Mike.

»Du wirst uns begleiten«, forderte Thomas Leo mit vorgehaltenem Messer auf.

Sie gingen einen Weg zwischen Rasenflächen hindurch auf den Eingang des weißen Gründerzeitbaues zu. Nichts rührte sich. Es herrschte absolute Stille, ab und zu von Vogelgezwitscher unterbrochen.

Mike holte einen Schlüsselbund aus seinem Rucksack, öffnete die Tür. Thomas schubste Leo hinein. Sie standen in einer riesigen Eingangshalle, an deren rechter Seite eine Eichentreppe mit einem verzierten Geländer nach oben führte. Sie stiegen in den ersten Stock, zielstrebig in das geräumige Arbeitszimmer des Besitzers.

»Setz dich dahin!«, forderte Thomas Leo auf und dirigierte ihn in Richtung Schreibtisch auf einen gepolsterten Lehnstuhl zu.

»Sehr nobel«, bemerkte Leo.

»Halt die Klappe!«, fauchte Thomas.

Simone untersuchte den Inhalt eines Bücherregals, während Mike mit Entschlossenheit auf ein Bild zusteuerte.

»Ihr scheint euch an diesem Ort bestens auszukennen. Lasst mich raten. Dahinter ist ein Tresor. Wie im Film«, warf Leo eine Vermutung ein.

»Sei endlich still! Sonst erledige ich dich schon hier und jetzt!«, drohte Thomas.

Sein Kumpan öffnete derweil den Safe, der sich tatsächlich hinter dem zurückgeklappten Gemälde befand. Er förderte eine Kassette mit Geld, einen großen Umschlag mit Wertpapieren und diverse Kästchen mit Schmuck hervor. Die erbeuteten Gegenstände steckte Simone in den mitgebrachten Rucksack.

»Habt ihr alles?«, erkundigte sich Thomas.

»Wir sind fertig«, verkündete Mike und schulterte den Rucksack.

»Los steh auf und geh runter!«, raunzte Thomas Leo an.

Leo setzte sich in Bewegung. Das Mädchen gab ihm auf der Treppe einen Stoß, der ihn beinahe zu Fall gebracht hätte.

»Nicht so schnell, Alter«, spottete sie. »Wirst schon noch früh genug dran glauben.«

Im Erdgeschoss angekommen, schob man Leo durch die Halle auf eine Tür unter dem Aufgang zu.

»Was ist da drin?«, wollte er wissen.

»Die Kammer deines ewigen Schlafes, du Penner. Meinst du etwa, wir schleppen dich weiter mit uns rum?«, herrschte Thomas ihn an.

»So Jungs! Jetzt mal das Messer fallenlassen! Und ganz langsam umdrehen«, forderte aus dem Eingangsbereich eine bärbeißige Stimme.

»Was ...«, zu mehr kam Thomas nicht.

Eine Gruppe Polizisten stürmte auf die Bande zu. Bevor sie reagierten, waren sie schon verhaftet.

»Das mit dem eingeschalteten Funk war eine prima Idee«, lobte der Kommissar.

»Das war knapp«, meinte Leo, während er neben dem Beamten hertrottete. »Woher kannten die sich hier so gut aus?«

»Der mit dem Rucksack ist Michael Kuggelich. Er ist das schwarze Schaf der Familie. Hat bereits eine Reihe Einbrüche hinter sich gebracht. Der andere und das Mädchen sind uns ebenfalls bekannt. Diebstahl, Drogen, und so weiter.«

Nachdem Leo seine Aussage bei der Polizei abgegeben hatte, begab er sich auf den Heimweg.

Es dunkelte längst, als er die Wohnung betrat. In der Küche werkelte Nina.

»Hallo Schatz! Wie war's?«

»Nichts Besonderes. Ein ganz normaler Tag«, beteuerte Leo und ließ sich müde auf das Sofa fallen.

Eine irre Geschichte

Dienstag, 17. April:
Paul Wagner stellte soeben seinen Teller mit den Resten vom Abendessen aufs Tablett zurück, als die Krankenschwester hereinkam, um abzuräumen.

»Hat es uns geschmeckt?«, fragte sie lächelnd. Schwester Agnes lächelte immer. Sie gehörte zu den Ordensfrauen, die dieses Haus leiteten.

Ich weiß nicht, ob es uns geschmeckt hat, mir hat's jedenfalls geschmeckt, dachte er. Besaßen die auch noch ein anderes Gesicht? Ihm ging dieses Dauerlächeln allmählich auf die Nerven. Lange bleibe ich sowieso nicht mehr in dieser Klapsmühle. Ich komme mir mittlerweile vor, wie im Zoo, Abteilung *Antarktische Tiere*, überall Pinguine. Das hält doch auf Dauer kein normaler Mensch aus.

Kaum war die Schwester aus dem Zimmer, stand er auf, zog sich an, betrachtete sich im Spiegel. Für sein Alter, immerhin war er schon zweiundvierzig, zierte ihn nach wie vor volles, dunkelbraunes Haar, das von keinem einzigen Silberstreif durchzogen wurde. Sein Gesicht war schmal. Am Kinn sprossen einige dunkle Stoppeln, obwohl er sich heute Morgen rasiert hatte.

Er harrte eine halbe Stunde aus, ging zur Tür, öffnete sie einen Spalt und spähte in den Flur. Paul fand, dass er aussah wie ein langer, weißer Schlauch, an den sich rechts und links Türen aneinanderreihten. Niemand war zu sehen. Er huschte den Korridor entlang, immer an der Wand vorbei. Es sah aus, als wollte er mit ihr eins werden. Am Ende des Ganges befand sich eine Glastür. Hinter dieser kam die riesige Eingangshalle, in der nur noch ein Hindernis, in Gestalt von Schwester Mathilde, wartete.

Vorsichtig linste er durch das Glas. Wo war die Nonne? Vielleicht für kleine Mädchen? Umso besser, dachte er und schlich sich Richtung Haupteingang davon. Zu seiner großen Erleichterung war dieser ebenfalls unverschlossen.

Er ging hinaus, sog gierig die frische Frühlingsluft in seine Lungen. Herrlich, freute er sich und rannte den Kiesweg zur Straße hinab.

Mittwoch, 18. April:

Udo Tiefenbach stieg durch das Fenster in das kleine Museum ein. Es war kurz nach Mitternacht und stockdunkel, wie bestellt für das, was er vorhatte. Die Alarmanlage bedeutete für ihn kein Hindernis, er war schließlich Profi.

Er ging in den ersten Stock, dort befand sich das, was ihn interessierte: eine Ausstellung mit Exponaten der Familie von Grünthal. Sie wohnten hier in Neustadt, vermachten alles dem Stadtmuseum. Sie blieben kinderlos, besaßen keinen Erben. Vielleicht hätte ich mich mal bei ihnen melden sollen, schoss es ihm durch den Kopf, er grinste. Es handelte sich um Schmuck, Kleidung, Hausrat und Gemälde aus den letzten drei Jahrhunderten, stellte ein Vermögen dar.

Udo sah sich schon am Tag zuvor die Präsentation an. Er suchte die Stücke aus, die er jetzt mitnehmen wollte - zwei kleine Bilder und die gesamten Juwelen. Er öffnete die Vitrinen und steckte alles in die beiden mitgebrachten Jutesäcke.

Danach verließ er das Museum auf dem Weg, auf dem er gekommen war. Er verstaute die Säcke vorsichtig im Kofferraum seines in einer Seitenstraße geparkten Autos und fuhr zum Waldsee. Dort besaß er ein gemütliches Ferienhaus, das er von seinen Eltern geerbt hatte.

Udo schleppte die Beute ins Schlafzimmer, deponierte sie im Kleiderschrank. Später, wenn die Leute und die Polizei sich wieder abgeregt haben, komme ich mein Schätzchen abholen, überlegte er. Bis dahin werde ich auch einen annehmbaren Preis mit Heinrich Wollenberg aushandeln. Über die bestellte Ware verfüge ich ja nun.

Er fuhr nach Hause, zurück nach Neustadt. Die nächsten Tage würde er nicht mehr ins Wochenendhaus fahren.

Paul Wagner wanderte die halbe Nacht hindurch. Er liebte die Natur, darum bewegte er sich nicht an der Hauptstraße entlang. Er nutzte die kleineren Nebenstraßen, wenn es sich einrichten ließ, Feld- und Waldwege. Das ist besser, als in dem winzigen Garten der Klinik immer nur Unkraut jäten, sinnierte er.

So gelangte er an den Waldsee, ein schmaler, langgezogener See, aber immerhin groß genug, um mit einer Jolle zum Fischen raus fahren zu können. Als Kind war er mit seinen Eltern und seinem Bruder oft hier gewesen, zum Schwimmen im See oder zum Angeln. Das war schon lange her.

Die meisten Häuser waren nur an den Wochenenden bewohnt. Paul suchte ein bestimmtes, ein kleines Blockhaus, um darin zu übernachten. Es stand ein wenig abseits von den anderen. Eine Ligusterhecke umgab das Grundstück. Niemand war da. Er fand den Schlüssel über der Tür, auf einem Brett, das etwas hervorragte. Wie im Film, dachte er und schloss auf.

Es war gemütlich eingerichtet, wartete nur darauf, dass jemand in ihm wohnte. Sogar ein Schrank mit haltbaren Lebensmitteln, wie Nudeln, Konserven, Marmelade, Knäckebrot und Kaffee war vorhanden. Für's Frühstück ist schon gesorgt, stellte Paul fest, fehlt nur noch ein Bett. Er sah auf die kleine Wanduhr. Es war fast fünf Uhr morgens und er war hundemüde.

Das Schlafzimmer befand sich im angrenzenden Raum. Auf der Suche nach Bettzeug öffnete er den Kleiderschrank. Kissen und Plumeau lagen im unteren Fach hinter der rechten Schranktür, die Bezüge dazu im darüber liegenden. Im obersten Regal fand er sogar einen sauberen Schlafanzug, Unterwäsche, Socken, eine Jeans und einen Pulli, die genau seine Größe hatten. Er bezog das Nachtlager und legte sich schlafen.

Nach dem Frühstück, um ein Uhr mittags, räumte Paul auf, erst die kleine Wohnküche, dann das Schlafgemach. Zum Verstauen des Bettzeuges sperrte er beide Türen des Schrankes auf. Zu seinem Erstaunen förderte er auf der Seite mit der Kleiderstange zwei Jutesäcke an den Tag. Er zog sie auf, entdeckte darin Gemälde, Ketten, Ohrringe und andren Glitzerkram. Die passen hier aber nicht hin, überlegte er, Bilder gehören an die Wand und ein Schatz gehört nach draußen, vergraben in einer Truhe.

Er besorgte sich Hammer und Nägel und schon schmückten die Kunstwerke den Wohnbereich. Im Küchenschrank stöberte er eine alte Keksdose auf, die groß genug war, um den gesamten Schmuck hineinzutun. Er öffnete die Blechschachtel und fand sie angefüllt mit Fotos. Auf den Ablichtungen waren eine Familie mit zwei Söhnen oder einzelne Personen abgebildet.

Paul erinnerte sich plötzlich an seine Kindheit. Nachdem die Eltern bei einem Unfall ums Leben kamen, brachte man die Jungen in ein Waisenhaus. Sein Zwillingsbruder Udo war später adoptiert worden. Ihn wollte keiner. Zuviel Fantasie lautete die eine Begründung; die andere, dass er den Tod der Erziehungsberechtigten nicht überwunden hätte, deshalb etwas merkwürdig sei. Seiner Ansicht nach stimmte das jedoch nicht.

Er nahm die Büchse, leerte sie, füllte die Pretiosen hinein und ging damit in den Garten. In der hinteren Ecke fand er einen schönen Platz unter einer großen Birke, hob ein Loch aus, um seinen Schatz zu vergraben.

Paul stellte sich ein paar Termine für die nächsten Tage zusammen. So beabsichtigte er einen Ausflug in den nahen Wald zu unternehmen, auf der gegenüberliegenden Seeseite zu picknicken und die weitere Gegend zu erkunden.

Tagsüber ging Udo seinem Job als Briefträger nach. Er hatte eine Tour in einer Siedlung am Rand von Neustadt. Er fuhr mit dem Fahrrad. Das sei besser als Fitnesstraining im Sportcenter, meinte er.

Die Leute, die er an diesem Tag antraf, kannten nur zwei Themen: den Einbruch im Museum und den Ausbruch eines geistig Gestörten aus der psychiatrischen Klinik. Die Polizei war ratlos, keine Spuren, keinerlei Hinweise aus der Bevölkerung. Niemand hatte etwas gesehen oder gehört. Im Museum musste ein Profi am Werk gewesen sein, das war alles, was man wusste. Die Lokalzeitung druckte einen riesigen Artikel ab, mit Interviews und Fotos des Museumsdirektors und des Bürgermeisters. Eine Belohnung zur Ergreifung des Diebes wurde ausgesetzt. Die Suche nach dem entwischten Krankenhauspatienten blieb ebenfalls erfolglos. Die Behörden begründeten dies mit der zu geringen Personalbesetzung der Polizeistation.

Am Abend traf Udo sich mit Heinrich Wollenberg in einer kleinen Pizzeria. Das Essen war hier vorzüglich und man konnte sich ungestört unterhalten.

Udo nahm einen Schluck seiner Cola und verkündete: »Ich verfüge über die von Ihnen bestellte Ware. Sie ist an einem sicheren Ort. Jetzt geht es nur noch um den Preis.«

»Für die Bilder habe ich einen Kunden, der bereit ist, vierhunderttausend Euro zu zahlen. Davon bekomme ich zwanzig Prozent. Ist das für Sie in Ordnung?«, fragte Wollenberg und schnitt sich ein Stück seines Mailänder

Schnitzels ab. Er drehte es auf der Gabel einen Augenblick lang hin und her und schob es dann in den Mund.

»Hm, ist 'ne Menge Geld. Auch für Sie. Was ist mit dem Schmuck? Hatten Sie nicht schon jemanden an der Hand?«, wollte Udo wissen und strich sich nachdenklich über seinen dunkelbraunen Dreitagebart. Das machte er immer, wenn er nachdachte.

»Ja, klar, sonst hätte ich die Sachen nicht bestellt. Wir arbeiten doch inzwischen eine ganze Weile zusammen und Sie müssten eigentlich drauf haben, dass es nur um im Vorfeld georderte Waren geht. Mit was anderem fange ich gar nicht erst an. Womöglich läge dann irgendwelcher Plunder herum und ich wüsste nicht wohin damit. Ich bin kein Sammler, nur Händler«, erklärte Wollenberg ruhig, jedoch bestimmt.

»Ist ja in Ordnung. Aber was ist jetzt mit dem Zeug?«

Heinrich Wollenberg trank einen Schluck seines Weines, lächelte und antwortete: »Mein Kunde möchte die Gegenstände, oder wenigstens ein paar Stücke davon, vorher sehen. Ist das ein Problem für Sie?«

»Nein, ist es nicht. Hat er sich die Teile nicht vorweg schon mal in der Ausstellung angesehen?«, fragte Udo und nahm die letzte Portion seiner Lasagne.

»Es handelt sich um einen vorsichtigen Mann, der nur absolut sichergehen will, nicht übers Ohr gehauen zu werden. Wenn die Sachen in Ordnung sind, ist er bereit zwei Millionen dafür hinzublättern. Ist doch kein schlechtes Angebot, oder?«

Udo schluckte. Einen Moment war er sprachlos. So viel hatte er nicht erwartet. »Klingt gut«, war alles, was er herausbrachte. Dieser Wollenberg ist schon ein verdammtes Schlitzohr, dachte er. Er sieht so harmlos und seriös aus, mit seinem grauen Schnauzbart und dem graumelierten Haar, einfach wie ein netter, älterer Herr. Dabei ist er der ausgekochteste Gauner, dem ich je begegnet bin. »Geht in Ordnung, ich bringe ein Paar Teile und Ihr Kunde kann sie dann begutachten. Sagen wir übermorgen, am Bahnhof, um 18 Uhr.«

Beide bestellten sich noch einen Kaffee und ein Dessert. Sie unterhielten sich über Gott und die Welt, die Beutestücke waren kein weiteres Gesprächsthema mehr an diesem Abend. Zufrieden mit dem Geschäftsabschluss ging jeder anschließend seiner Wege.

Donnerstag, 19. April:

Paul packte sich ein paar Brote und eine Flasche Wasser in einen Rucksack, den er im Flur in einem Spind gefunden hatte. Sogar ein Portemonnaie mit rund fünfzig Euro steckte in einer Seitentasche. Heute wollte er über die Felder nach Berghausen wandern. Die Sonne scheint, einfach ein herrlicher Tag zum Rausgehen, dachte er und zog die Tür hinter sich ins Schloss.

Vor ihm lag ein Feldweg, an den Rändern abgefahren, in der Mitte ein breiter Grasstreifen. Paul ging über das Grün. Er mochte das weiche Gras unter seinen Füßen.

Nach drei Stunden Wanderung kam er an eine Weide. Dort stand ein weißes, großes Pferd, das neugierig auf ihn zukam. Das Tier musste mindestens zwanzig Jahre alt sein. Der Rücken hing durch und an den Schläfen waren deutlich Einbuchtungen zu sehen, die auf ein hohes Alter schließen ließen. Aber das interessierte Paul nicht. Beide wurden durch einen niedrigen Zaun voneinander getrennt. Er streckte die Hand aus und tätschelte die Stute am Kopf, ein zufriedenes Schnauben kam als Antwort zurück.

»Hallo, meine Schöne. Wartest du schon lange auf mich?«, fragte er nachdenklich und strich sich über die dunklen Stoppeln an seinem Kinn.

Er ging entlang der Einfriedung weiter, gefolgt von dem Schimmel auf der anderen Seite, bis er an einen Schuppen gelangte. Die Tür war mit einem Vorhängeschloss gesichert. Da das Holz recht morsch war, brachte es ihm keinen großen Widerstand entgegen. Paul trat in den winzigen Bau und fand einen Sattelschrank mit Putzzeug, Halfter, Strick und Sattel. Er nahm Halfter und Strick, band das Pferd an und putzte es.

Udo fuhr in der Mittagspause zum Ferienhaus an den See. Er wollte ein paar der Schmuckstücke für den Kunden Wollenbergs holen. Angekommen kramte er den Schlüssel vom Brett oberhalb der Tür und betrat das kleine Domizil. Sein erster Blick glitt über die Bilder an der Wand. Das ist jetzt nicht wahr, dachte er. Zielstrebig ging er ins Schlafzimmer, öffnete den Kleiderschrank und stutzte. Verdammt, was ist das? Ich habe die Beute doch genau hierhin gebracht. Niemand wusste davon. Er durchsuchte den Schrank, als hoffte er, die Sachen dennoch noch zu finden. Das Einzige, was ihm in die Hände fiel, bestand aus ein paar Kleidungsstücken, die zwar seine Größe besaßen, ihm allerdings nicht gehörten. Dafür waren seine weg.

»Scheiße!«, fluchte er laut. Welcher Idiot hat es geschafft in die Hütte rein zu kommen, ohne das Schloss aufzubrechen? Nur ich weiß, wo der Schlüssel liegt. Wenn ich den Dreckskerl erwische, mache ich Hackfleisch aus ihm. Was soll ich nur Wollenberg erzählen, überlegte er. Er hatte nun ein Problem, ein riesiges, aber hier würde er es auch nicht lösen können, also fuhr er wieder nach Hause.

Paul sattelte das Pferd, führte es an den Weg und versuchte aufzusitzen. Er hielt sich mit beiden Händen am Sattel fest, was diesen dazu veranlasste, ihm auf seiner Seite entgegenzukommen.

»Verdammt!«, schimpfte er und zurrte erst einmal den Gurt enger. Danach startete er einen neuen Versuch, holte Schwung, etwas zu viel, und schoss über den Pferderücken auf der anderen Seite des Tieres wieder hinunter.

»Huppala«, war sein einziger Kommentar. Vorsichtig stand er auf, schüttelte den Kopf und probierte es, diesmal allerdings langsamer, erneut. Endlich saß er oben. Stolz richtete er sich auf, was das Pferd dazu veranlasste, behäbig loszutrotten.

»Danke, Rosinante. Dann wollen wir mal sehen, wohin uns der Wind bringt«, meinte er.

Er ritt Richtung Neustadt, zurück zum Ferienhaus. Da es erst Mittag war, wollte er noch einen Abstecher in den Wald machen. Es ging ein Stück auf dem Feldweg lang. Kurz bevor er abbiegen musste, kam ihm ein Range Rover entgegen. Er wich auf den angrenzenden Acker aus. Der Fahrer des Wagens winkte ihm dankend zu und fuhr weiter. Er drückte die Fersen fester an den Schimmel, was diesen zum Antraben aufforderte.

Inzwischen hielt der Geländewagen an, der Fahrzeugführer stieg aus und rief: »He, warten Sie mal! Das ist doch meine Stute. Kommen Sie sofort zurück!«

Paul hatte nicht vor, zurückzukehren. Er schlug die Hacken in die Seiten des Gaules und er galoppierte an. In rasantem Tempo ging es über eine nicht eingezäunte Weide in Richtung Wald. Kurz vor den ersten Bäumen drosselte er die Geschwindigkeit und im Schritt verschwanden sie in das Dickicht.

Udo kam nicht zur Ruhe. Er lief in seiner Wohnung auf und ab, seine Gedanken kreisten um den verschwundenen Schmuck. Zuhause rumhängen brachte auch keine Lösung seines Problems. Also wieder rausfahren zum Waldsee, überlegte er. Aber was kann ich dort machen? Wie soll ich den Dieb finden, bin doch selbst einer, allerdings momentan ohne Beute? Ich bin ein bestohlener Dieb, eine Lachnummer, wenn das rauskommt.

Letztendlich trieb es ihn erneut in das Ferienhaus. Ratlos schaute er sich um, dann ging er hinaus. In der Ferne hörte er Polizeisirenen und Hundegebell. Wen suchen die denn?, fragte er sich und blickte in Richtung Wald.

Auf den beiden Wegen zum Forst fuhren zwei Polizeiautos, ein Krankenwagen, ein Range Rover, ein kleinerer Geländewagen und ungefähr ein Dutzend Fahrräder. Außerdem liefen eine Menge Leute, darunter eine Polizeistaffel mit Hunden, über die Ackerflächen und Weiden, ebenfalls zum Gehölz.

Neugierig geworden nahm Udo jetzt auch Kurs auf den Wald. Als er an der Wegegabelung ankam, musste er sein Auto stehen lassen und zu Fuß weitergehen. Als er die Polizisten erreichte, erkundigte er sich: »Was ist denn hier für ein Aufstand? Sieht ja aus wie bei einer Treibjagd.«

»Wir verfolgen einen Irren auf einem gestohlenen Pferd. Er ist in den Forst rein, aber bislang nicht rausgeritten«, erklärte einer der Beamten.

Er hatte den Satz kaum zu Ende gebracht, als ein weißes Ross mit einem sich am Sattelhorn festklammernden Mann an ihnen vorbeischoss. Udo sprang vom Weg auf den Acker. Einer der Ordnungshüter konnte sich nur noch mit einem Sprung in den Graben retten. Fluchend kroch er wieder heraus, grinsend empfangen von seinem Kollegen.

Der Pulk aus Menschen, Hunden und Autos setzte sich nun in die entgegengesetzte Richtung in Bewegung. Udo befand sich mittendrin. Eigentlich wusste er nicht genau, was er hier machte, aber erst einmal lief er mit. Allesamt rannten sie hinter dem Reiter und seiner weißen Mähre her, bis diese sich, mit einer kleinen Drehung, erneut auf die Verfolger zu bewegten. Die Menschenmenge schoss in alle Himmelsrichtungen auseinander.

Paul hielt sich immer noch auf dem Pferd. »Los, Rosinante, lauf um dein Leben! Du sollst nicht zum Schlachter und ich will nicht zurück zu den Pinguinen«, raunte er nach vorne gebeugt dem Klepper ins Ohr. Dieser war nicht vom Rennen abzuhalten, zu sehr brachte ihn das Gewimmel um sich herum in Panik.

Plötzlich sah er einen Zaun vor sich. Es gab keinen anderen Ausweg, sie konnten nur drüber, nicht vorbei. Er wäre gerne hinüber, Rosinante nicht. Sie blieb abrupt stehen, woraufhin er vom Sattel abhob und in weitem Bogen auf die Weide flog.

Die Meute aus Menschen kreiste ihn ein, es gab ein fürchterliches Durcheinander und Gebrüll. Jeder wollte Paul erwischt haben. Schließlich schafften es die Polizisten, ihn aus der Menge zu befreien.

»Moment mal, ich bin nicht der, den Sie verfolgten! Mein Name ist Udo Tiefenbach«, versuchte sich Udo Gehör zu verschaffen.

»Nein, das ist der Mann, der mein Pferd geklaut hat«, sagte der Geländewagenfahrer.

»Ja, den hab ich auch auf dem Vieh gesehen. Der hat mich fast über den Haufen geritten«, meinte der Gesetzeshüter, der sich in den Graben gerettet hatte. »Außerdem passt die Beschreibung genau auf Sie.«

»Hier sind aber eine ganze Reihe Leute mit ähnlichen Klamotten. Das können Sie doch nicht einfach machen!

Ich möchte einen Anwalt«, versuchte Udo sich zu verteidigen.

»Ja, ja, später. Jetzt geht's erst mal zurück in die Klinik. Die warten da schon sehnsüchtig auf Sie«, antwortete der Beamte freundlich und schob Udo in Richtung des wartenden Krankenwagens.

Udo sah sich um, in der Menschenmenge machte er Paul aus, sie blickten einander an. Udo war erstaunt über die Ähnlichkeit, die er mit dem Mann in der Menge hatte.

»Den da müssen Sie festnehmen!«, schrie er und startete einen Versuch sich loszureißen. »Das ist der Gesuchte, nicht ich. Bitte glauben Sie mir doch.«

Aber als die Leute sich umblickten, war der andere Kerl plötzlich verschwunden.

»Kommen Sie schon! Gleich sind Sie wieder zu Hause«, empfing ihn der Arzt aus dem Krankenwagen.

Freitag, 20. April:

Schwester Agnes nahm das Tablett mit dem Abendessen und fragte lächelnd: »Hat es uns geschmeckt?«

»Verpiss dich, Pinguin!«, schrie Udo sie an.

Die Nonne verließ kopfschüttelnd das Zimmer und ging zur Leiterin der Station: »Schwester Anna, es tut mir leid, das sagen zu müssen, aber seit seinem Ausbruch ist Paul Wagner nicht mehr er selbst. Er ist aggressiv geworden und beschimpft einen. Ich bin langsam ratlos. Haben Sie nicht eine Idee, wie man ihm helfen kann?«

»Lassen Sie ihm noch etwas Zeit, Schwester Agnes. Das wird schon wieder«, meinte die Vorgesetzte liebenswürdig.

Paul ging einem Job als Briefträger nach. Er hatte in Udos stehen gelassenem Wagen dessen Papiere gefunden und war zu seiner Wohnung nach Neustadt gefahren. Es gefiel ihm, mit dem Fahrrad herum zu radeln und die Post zu verteilen, kein komplizierter Beruf, wie geschaffen für ihn.

Er kam gerade aus der Dusche, als das Telefon klingelte. Er nahm ab und meldete sich: »Hier bei Tiefenbach.«

»Wollenberg. Wo stecken Sie eigentlich? Wir waren doch für achtzehn Uhr am Bahnhof verabredet und jetzt ist es schon halb sieben! Bringen Sie mir den Schmuck nun heute noch?«, klang es ziemlich verärgert vom anderen Ende der Leitung.

»Entschuldigen Sie bitte, aber ich hatte einen harten Tag. Verschieben wir das Treffen auf den morgigen Tag«, redete sich Paul, der ahnte, worum es ging, heraus.

»In Ordnung, morgen Abend, um dieselbe Zeit, beim Italiener. Vergessen Sie die Klunker nicht«, meinte Wollenberg und legte auf.

Paul wusste, was zu tun war. Er hatte schließlich die Berichte vom Museumsraub in der alten Zeitung gelesen. Am nächsten Morgen wollte er zum Wochenendhaus fahren und seinen Schatz ausgraben.

Zum Fressen gern

Es war Mitte September, als Tobias mit seinem Gepäck im Nieselregen vor der kleinen Pension, in der er ein Zimmer gemietet hatte, stand. Das unscheinbare Einfamilienhaus besaß einen Vorgarten, der aussah, wie jene in den Zeitschriften für Gartenfreunde. Er dachte nur kopfschüttelnd, dass ihn der Teufel geritten haben musste, als er dies buchte. Trotzdem ging er zur Tür und betätigte die Klingel.

Eine grauhaarige Frau, Anfang sechzig, öffnete und begrüßte ihn freundlich: »Sie müssen Herr Andersen sein. Seien Sie herzlich willkommen!«

»Guten Tag, Frau Bringfeld«, gab Tobias zurück.

»Willi, kommst du mal?«, rief sie ins Haus hinein, woraufhin ein älterer Mann, etwas gebückt, erschien.

»Oh, unser Gast ist schon da. Treten Sie doch ein. Ich helfe Ihnen, das Gepäck nach oben zu bringen.«

Er nahm eine Tasche und ging eine schmale Holztreppe in den ersten Stock hinauf. Tobias folgte ihm mit dem Rest seines Reisegepäcks. Er wurde in ein Zimmer am Ende des Flurs geführt. Es war geräumiger, als erwartet. Sogar eine eigene Dusche war vorhanden, das hatte nicht in der Beschreibung des Reisebüros gestanden.

»Wenn Sie etwas brauchen, melden Sie sich«, sagte Herr Bringfeld und schloss die Tür hinter sich.

Tobias begann seine Sachen auszupacken und sah sich dabei im Raum um. Die Einrichtung bestand aus naturbelassenem Fichtenholz. Das Bett war weich, aber nicht durchhängend, worüber sich sein Rücken wohl freuen würde. Der röhrende Hirsch darüber traf nicht ganz seinen Geschmack. Sein Blick fiel auf das Fenster über dem kleinen Tisch. Er ließ sich auf den davor stehenden Stuhl sinken und schaute hinaus.

»Na ja. Wie versprochen ist da draußen jede Menge Natur. Wandern kann ich nun, bis mir die Schuhe von den Füßen fallen. Und ruhig scheint es in diesem Nest auf alle Fälle zu sein. Ich wünschte, die drei Wochen wären schon vorbei. Was soll ich hier bloß? Das war eine blöde Schnapsidee! Aber ich hab's mir ja selbst ausgesucht und nun muss ich halt versuchen, das Beste draus zu machen«, brummelte er.

Er nahm seinen Regenmantel und ging raus, um sich den Ort anzusehen. Holzscheid bestand aus einer breiten Hauptstraße, die auch genau so hieß und mitten im Dorf eine scharfe Kurve machte. An dieser Biegung mündeten zwei kleine Gassen ein. Im Bereich der winzigen Sträßchen bildete sich ein Platz. Und an diesem befanden sich ein Tante-Emma-Laden, ein Gasthof und ein Briefkasten. Dem Wirtshaus direkt gegenüber, auf der anderen Seite der Hauptstraße, stand eine gemauerte, weiß getünchte Kapelle. Tobias steuerte auf die Gaststätte *Zum Goldenen Bären* zu und blieb davor stehen, um die Speisekarte zu lesen.

Na, lecker, dachte er. Da habe ich ja die Riesenauswahl zwischen Schnitzel mit Paprikastückchen oder mit Champignons dekoriert. Alles mit herrlich fetttriefenden Fritten und einem in einer Sahnesauce ertränkten Salat. Bei dem Salatteller á la Chef kriecht mir wahrscheinlich eine Schnecke entgegen, auf der Flucht vor dem Koch, der sie für das Gericht mit den Krabbeltieren einzufangen versucht, auch Weinbergschnecken á la Provence genannt. Andererseits ist hier ein Schweinebraten mit Klößen, klingt eigentlich mehr nach Alpen. Und das Hähnchen, frisch im Vorgarten erlegt, mit Kroketten? Dass die überhaupt wissen, wie man das schreibt.

Da er Hunger hatte, ging er hinein. Es war überraschend voll. Eine junge Frau brachte ihn an einen Tisch, an dem noch zwei Stühle frei waren.

»Setzen Sie sich ruhig dazu. Die beißen nicht«, meinte sie und legte ihm die Karte hin.

Tobias lächelte in die Runde und nahm Platz. Er las nochmals die Speisekarte und bestellte sich das Brathähnchen und einen trockenen Rotwein. Während er auf das Essen wartete, schaute er sich in der Gaststube um. Der Raum war mit einem Fachwerk versehen, das ihn in kleine Nischen unterteilte. Karierte Vorhänge umrahmten die mit weißen Gardinen bespannten Fenster. Lederbespannte Lampen beleuchteten Tische, Stühle und Eckbänke aus dickem Buchenholz. Neben dem Tresen befand sich eine Bodenstanduhr aus einem dunklen Holz. Geschnitzte Weinblätter liefen um den Kasten mit dem messingfarbenen Pendel herum. Ihr Ticken hörte man durch das Gemurmel der Gaststube hindurch. Weiter hinten sah er einen runden Holztisch, an dem fünf Männer saßen und Skat spielten. Darauf erblickte er ein Messingschild mit der Aufschrift *Stammtisch*. Die meisten Gäste hatten schon ihr Gericht und es duftete appetitanregend. Sein Glas war bereits halb leer, als sein Teller kam.

Über die gute Küche des Hauses erstaunt, widerrief er verschämt seine spöttischen Gedanken. Gerade wollte er sein Weinglas nehmen, als sein Tischnachbar ihn anstieß. Der Rest seines Getränkes ergoss sich über den Tisch.

»Verdammt noch mal! Können Sie nicht aufpassen!«, fuhr Tobias den Mann an und sprang auf.

Die Kellnerin eilte mit einem Lappen herbei. »Ist schon wieder in Ordnung«, sagte sie und wischte den Fleck ab.

»Entschuldigen Sie bitte. Es war keine Absicht. Ist halt ein bisschen eng hier.«

»War nicht so gemeint«, erwiderte Tobias. Er ärgerte sich über sich selbst. Wahrscheinlich hatte sein Chef recht gehabt, ihn in Urlaub zu schicken.

Er dachte an den Morgen zurück, als er kurz und knapp von Martina Jakobs aufgefordert wurde, sich bei seinem Boss Kriminalrat Jochen Wolters zu melden. Er nahm sich ein Stück Pfefferminzschokolade aus seiner Schreibtischschublade und ließ es langsam auf der Zunge zergehen. Er liebte Pfefferminzschokolade und einen guten Rotwein, was man an seinem leichten Bauchansatz unschwer erkannte. Aufseufzend machte er sich auf den Weg, wobei er sich unterwegs fragte, was sein Chef wohl von ihm wollen könnte.

Er wurde höflich begrüßt und mit einem Handzeichen aufgefordert, sich zu setzen. Wolters bestellte bei seiner

Sekretärin zwei Tassen Kaffee und setzte sich Tobias gegenüber an seinen Schreibtisch.

»Was ist eigentlich mit Ihnen los, mein Junge?«, erkundigte sich der Kriminalrat freundlich und ließ ein Stück Zucker in seinem Kaffee versinken. »Die Mitarbeiter beschweren sich in der letzten Zeit häufiger über Sie. Die einen fahren Sie wegen Kleinigkeiten an. Von anderen fordern Sie Überstunden, nur weil Sie den Weg nicht Heim finden. Können Sie mir das erklären?«

»Oh, Frau Jakobs, die bat ich doch gestern nur, mir die Akte Norma Rabenfels fertig zu machen.«

»Das war um halb sieben abends. Sie hat eigentlich um fünf Uhr Schluss. Außerdem ist sie nicht die Einzige.« Wolters öffnete einen Ordner, der vor ihm lag. »Kollege Schmidt beschwerte sich, dass Sie ihn wegen eines fehlenden Beleges angebrüllt hätten. Sie ließen ihn nicht einmal zu Wort kommen, sondern sind einfach gegangen und haben ihn stehen lassen. Oder Frau Überlingen, unsere Putzfrau, die rügten Sie vorgestern, um zweiundzwanzig Uhr, sie müsse endlich auch mal Ihr Büro reinigen. Und das wohl in einem Ton, der nicht mehr unfreundlicher ging. Hier, die Akte ist voll damit. Was soll das werden?«

Tobias senkte den Kopf und streifte sich mit den Fingern das mittelblonde, etwas zu lange Haar aus dem Gesicht. »Es tut mir leid. Ich hab das nicht so gemeint.«

»Wissen Sie was das Beste, meiner Ansicht nach, wäre?«, erkundigte sich Wolters bei ihm.

Ein fragender Blick aus braunen Augen traf den Kriminalrat. Was sollte er denn bloß machen? Er mochte seinen Job. Und so ganz verstand er nicht, was auf einmal alle gegen ihn hatten.

»Sehen Sie mal, Ihr Problem hat doch wohl so vor einem halben Jahr begonnen. Mit dem Tod ihrer Lebensgefährtin Simone Schneider. Ich glaube, Sie haben das bis heute nicht verarbeitet. Sie waren immer ein ruhiger, humorvoller und von sämtlichen Arbeitskollegen akzeptierter Mitarbeiter. Jedoch entwickelten Sie sich zu einem arbeitswütigen Choleriker. Und meiner Meinung nach sollten Sie sich und Ihren Kollegen eine Auszeit gönnen. Machen Sie Urlaub!«

Wolters blätterte in den Unterlagen, sah sein Gegenüber aufmunternd an und erklärte: »Wie ich aus Ihrer Akte ersehen kann, verfügen Sie über eine Menge Überstunden. Denken Sie in Ruhe nach! Sonst muss ich die Beschwerden weitergeben. Und das täte mir leid. Sie sind ein guter Mann. Und ob Sie mit Ihren dreiundvierzig Jahren noch Lust an einem neuen Betätigungsfeld besitzen ...?« Der Vorgesetzte zog übertrieben beide Augenbrauen hoch, sah ihn betont fragend an.

»Ist schon in Ordnung! Sie haben ja Recht. Ein bisschen Urlaub wäre vielleicht gut«, erwiderte er.

»Teilen Sie mir bis morgen mit, wann und wie lange Sie weg sein werden. Aber nicht unter drei Wochen. Den Vormittag nehmen Sie sich frei und suchen ein Reisebüro auf«, fügte Wolters augenzwinkernd hinzu.

»Danke, Chef«, war das Einzige, was ihm noch zu sagen einfiel.

Er verließ das Büro. Auf dem Weg zu seinem Arbeitsplatz schaute er bei Martina Jakobs rein und entschuldigte sich für sein Verhalten vom Vortag. Er räumte seinen Schreibtisch auf und ging heim.

»Hast du schon gehört? Die Katharina war heute bei der Polizei, weil ihr Mann verschwunden ist«, hörte Tobias einen Herrn am Nebentisch erzählen. Damit waren seine Grübeleien beendet und sein Interesse geweckt.

»Ach, soll sie doch froh sein, dass er weg ist! Außerdem ist der Clemens bereits öfter für ein paar Tage weg gewesen. Bis jetzt ist er immer wieder aufgetaucht«, antwortete dessen Frau.

»Ja, leider. Dieser Mistkerl versäuft noch Hab und Gut von dem Mädel«, bedauerte er.

»Warum trennt sie sich auch nicht von ihm. Wenn du so wärst, wär' ich schon lange weg.«

»Sie ist einfach zu gutmütig.« Damit beendete er das Gespräch. Die beiden bezahlten und verließen das Gasthaus.

Scheint ja doch manchmal was los zu sein, in diesem tristen Kaff, dachte Tobias bei sich.

Als er aus der Gaststätte trat, begann es bereits zu dämmern. Er trottete in seine Pension zurück und beschloss, erst einmal in aller Ruhe auszuschlafen.

Am nächsten Morgen, beim Frühstück, fragte Tobias, dem das Gespräch vom Vorabend nicht aus dem Sinn ging, Frau Bringfeld: »Sind Ihnen eine Katharina Meiershof und deren Mann bekannt?«

»Ach, die Katharina. Ein liebes, fleißiges Mädel. Na ja, als Mädchen kann man eine Neununddreißigjährige vielleicht nicht mehr bezeichnen, aber ich kenn' sie schon, seit sie auf die Welt gekommen ist. Ihre Mutter war meine beste Freundin. Sie hat einen Bauernhof, ungefähr sechs Kilometer von hier entfernt. Den hat sie von ihren Großeltern geerbt. Da züchtet sie Schweine und nebenbei Schäferhunde.« Sie setzte sich zu Tobias an den Tisch.

»Das Borstenvieh vermarktet sie in ihrem kleinen Hofladen. Da können Sie Gemüse und Obst aus der Region, frisches Fleisch und selbstgemachte Wurst erstehen. Mögen Sie Leberwurst oder Blutwurst? Die müssen Sie mal probieren. Sogar die Reste werden noch verwertet. Als Hundefutter. Das kaufen eine Reihe im Ort. Gibt es in der Büchse. Aber warum wollen Sie das wissen?«, fragte die alte Dame, nun ihrerseits neugierig geworden.

»Bloß eine Berufskrankheit. Ich glaube man nennt das auch Neugier«, erwiderte Tobias mit einem Lächeln. »Ich habe gestern im *Goldenen Bären* eine Unterhaltung mitbekommen. Dabei hab' ich gehört, dass sie ihren Mann als vermisst gemeldet hat.«

»Der ist schon häufiger für einige Tage weg gewesen«, mischte sich nun ebenfalls Herr Bringfeld ins Gespräch. Er nahm sich eine Tasse Kaffee und setzte sich zu Tobias an den Tisch. »Ich find' es gemein von einem Kerl, sturzbetrunken, mitten in der Nacht heimzukehren. Dazu randaliert er wohl öfters ... Es ist obendrein

ein paar Mal vorgekommen, dass er die Kathi verprügelt hat.«

»Einmal musste sie deswegen ins Krankenhaus gebracht werden. Sie hatte eine Platzwunde am Kopf, die genäht wurde. Ich verstehe das Mädel nicht. Warum verlässt sie ihn nicht?«, seufzte Frau Bringfeld kopfschüttelnd.

»Wieso hat sie ihn überhaupt geheiratet?«, fragte Tobias.

»Das wüsste, glaub' ich, das ganze Dorf zu gerne«, mutmaßte sie. »Hm, wahrscheinlich, weil schon die Mädchen auf der Schule hinter dem gut aussehenden Clemens her waren. Die Katta war einfach stolz darauf, dass er ausgerechnet sie heiraten wollte. Sie hat gar nicht darüber nachgedacht, dass er das vielleicht nur wegen des Hofes gemacht hat. Armes Kind«, vermutete die alte Dame bedauernd.

»Ja, ja ...«, setzte der betagte Bringfeld mit trauriger Miene hinzu. »Keiner kann sich erklären, warum die Katharina diesen Taugenichts überhaupt geheiratet hat. Sie ist eine hübsche junge Frau, intelligent und fröhlich. Außerdem fleißig.«

»Ja, das mag man wohl sagen«, nahm Frau Bringfeld das Gespräch wieder auf. »Sie schuftet den ganzen Tag. So ein Hof ist schon eine Menge Arbeit. Und der Clemens packt nicht mit an. Der bastelt doch bloß an so einem verrosteten Schrotthaufen rum und gibt einen Haufen von Katharinas schwer erwirtschaftetem Geld für Ersatzteile aus.«

»Nicht nur das!«, erwiderte Bringfeld und fischte ein Brötchen aus dem Korb. »Jeden Freitagabend geht er zum Skatspielen und schmeißt Runden im Lokal. Was glauben Sie, wer die Mäuse dafür verdient?«

Tobias sah ihn erwartungsvoll an, runzelte nachdenklich die Stirn: »Katharina?«

»Genau. Und nebenbei hat er nach wie vor eine Reihe Weibergeschichten laufen. Sie können sämtliche Leute im Ort fragen. Alle wissen davon. Schließlich prahlt der Schweinehund ja auch noch damit! Entschuldigen Sie bitte das harte Wort, aber mir fällt kein besseres ein.«

Frau Bringfeld schenkte allen eine weitere Tasse Kaffee ein. Die nun leere Kanne stellte sie auf der Spüle ab, dann setzte sie sich wieder.

»Ja, der Clemens hat darüber hinaus einige Male versucht, den Hof zu verschachern. Ist ihm allerdings misslungen.« Ein breites Grinsen huschte dem alten Herrn übers Gesicht. »Den Hof hat Katharina schon vor ihrer Hochzeit von ihren Großeltern geerbt. Deshalb kommt der Sausack da auch nicht dran, was ihn natürlich nicht gerade freundlicher seiner Angetrauten gegenüber stimmt.«

»Wenn Sie noch mehr über die Beiden erfahren möchten, fragen Sie doch mal im *Goldenen Bären* rum. Clemens ist da bekannt wie ein bunter Hund. Beim Wirt ebenso, wie bei dessen Gattin und dem holden Töchterlein«, gab Frau Bringfeld Tobias als Tipp.

»Der August war und ist stocksauer auf ihn. Er ist bestimmt nicht unglücklich, falls Clemens nicht wieder auftaucht. Und seine Gemahlin hat Clemens in der

Gaststätte vor ein paar Wochen eine Szene gemacht, sie war so eifersüchtig ... Ich war damals da und hatte den Eindruck, die bringt ihn gleich um ...« Dem alten Herrn fiel nichts weiter zu sagen ein.

»Klingt nicht so, als wäre Clemens Meiershof besonders beliebt«, meinte Tobias.

Als Antwort schüttelte der betagte Mann nur seinen Kopf.

»Aber machen Sie sich besser einen schönen Tag. Da haben Sie mehr von, als sich mit den Problemen anderer Leute zu beschäftigen. Die Sonne scheint heute, fahren sie doch mal nach Limburg. Der Dom ist wirklich sehenswert«, gab Frau Bringfeld ihm einen gut gemeinten Rat.

»Ich werde es mir überlegen.« Damit verabschiedete er sich von seinen Gastgebern.

Er mochte eigentlich keine Besichtigungstouren. Aber da ihm auch nichts einfiel und er mal etwas anderes sehen wollte als Holzscheid, beschloss er den Vorschlag von Frau Bringfeld anzunehmen. Er stand an der Bushaltestelle und wartete. Seine Gastgeberin hatte ihm einen Fahrplan mitgegeben und ihm genau geschildert, wann und wo er umsteigen müsse.

Zwei Frauen schienen ebenfalls das Weite suchen zu wollen. Die Ältere, auf eine Gehhilfe gestützt, fragte gerade: »Na, Kathi, hast du schon was von Clemens gehört?«

Schlagartig wurde Tobias Aufmerksamkeit auf die Beiden gelenkt. Das also war Katharina Meiershof. Sie sieht hübsch aus, sehr weiblich, aber nicht zu dick, ging es ihm durch den Kopf.

»Nein, Frau Simon. Bis jetzt hat er nicht mal angerufen.« Die Jüngere zuckte mit den Schultern.

»Mach dir nichts draus, Kindchen. Der ist letztendlich doch immer wieder aufgetaucht.«

»Ich weiß nicht. Solange war Clemens noch nie weg.«

»Wahrscheinlich, wie gehabt, so eine Weibergeschichte. Freitags hat er mit meinem Mann und den anderen im Gasthaus Skat gespielt. Herbert meinte, der Clemens sei danach, ziemlich betrunken, mit Miriam abgezogen. Tut mir leid, Kathi«, versuchte Frau Simon sie zu beruhigen.

»Immer wieder Miriam«, flüsterte Katharina. »Aber da kommt schon der Bus. Kommen Sie, ich helfe Ihnen beim Einsteigen.«

Damit war das Gespräch beendet und sie stiegen in den Bus.

Mittlerweile war Tobias zum Stammgast im *Goldenen Bären* geworden. Hinter der Theke stand August Passbier, der Chef des Lokals. Seine Frau Ute arbeitete meist in der Küche.

Heute kam der Wirt persönlich zu ihm an den Tisch und nahm die Bestellung auf. »Ich freu' mich, Sie hier so oft zu sehen. Hoffentlich sagt Ihnen unsere Speisekarte zu.«

»Ja, vorzüglich. Sonst käme ich auch gar nicht so oft her«, antwortete Tobias und musste daran denken, wie er zum ersten Mal die Karte draußen gelesen hatte. Er konnte sich ein Grinsen nicht verkneifen. »Die Speisen sind bis jetzt alle vortrefflich gewesen. Ganz großes Lob an die Köchin.«

»Danke, ich werd' es an meine Frau weitergeben. Und Ihre Getränke gehen heute auf Kosten des Hauses. Ich wünsche Ihnen noch einen schönen Urlaub.« Damit verließ er Tobias.

Kurze Zeit später kam ein älterer Herr: »Entschuldigen Sie bitte, ist dieser Platz frei?«

Tobias nickte, der Mann setzte sich und der Wirt kam erneut an den Tisch.

»Was darf ich dir bringen, Herbert?«, fragte er.

»Ist die Miriam heut' nicht da?«, erkundigte sich der Alte.

»Nein. Sie ist zu ihren Großeltern gefahren.«

»Außerdem geht dich das gar nichts an«, fauchte Frau Passbier, die in diesem Moment Tobias' Jägerschnitzel brachte, Herrn Simon an. »Ich wünsche Ihnen einen guten Appetit«, meinte sie freundlich zu Tobias, stellte den Teller vor ihm ab und verschwand wieder Richtung Küche.

»Was ist denn mit der los?«, wandte sich Herbert an den Wirt.

»Ach, du erinnerst dich doch noch, was vor ein paar Wochen geschehen ist? Ute und Clemens?«

»Haben alle im Lokal mitbekommen ... Ich glaub, sie hätte ihn damals am liebsten umgebracht. Seinerzeit hat sie ihm jedenfalls gedroht, wenn sie ihn mal allein anträfe, würde sie ihn über den Haufen knallen.«

»Jetzt ist sie sauer auf Miriam und die ist wegen Clemens Verschwinden ganz aufgelöst. Das dumme Mädel hat sich in der Tat glatt in den Taugenichts verguckt ... Er hat ihr wohl sogar versprochen sich von Katharina scheiden zu lassen, um sie zu heiraten.«

»Das ist hoffentlich nicht wahr! Was will deine Tochter denn mit dem Hallodri? Der könnte allerdings euer bester Gast werden! Und im Übrigen, was ist mit den anderen ...?« Den Rest schluckte er runter.

»Bewahre uns Gott davor! Und was seine Weibergeschichten betrifft, na ja ... Sie ist ja zudem erst achtzehn und damit noch ein bisschen zu jung für Clemens. Außerdem würde ich das nie zulassen. Vorher dreh ich dem Mistkerl persönlich den Hals um.«

»Na, na, August! Das würde ich gleichfalls behaupten. Weiß sie denn, wo Clemens abgeblieben sein könnte? Oder hast du ihn etwa bereits um die Ecke gebracht?«, stellte Herbert erneut Fragen. Ein höhnisches Lächeln zog über sein Gesicht.

»Nein, Miriam hat ebenfalls keine Ahnung. Sie hatte wohl eine kleine Auseinandersetzung mit Clemens. Derzeit hockt sie jedenfalls bei den Großeltern und schluchzt sich die Seele aus dem Leib. Blöder Weiberkram!«, war die Antwort des Wirtes. »Und ich werd mir bestimmt nicht die Finger an dem Kerl dreckig machen, das erledigen schon noch andere. Aber sag mir jetzt lieber, was du heute bekommst. Sonst krieg ich Ärger mit Ute, die ist in der letzten Zeit sowieso etwas komisch drauf.«

»Bring mir auch so ein Schnitzel und ein Bier.«

Tobias war erstaunt, was man so alles in einer Gaststätte, ganz ohne selbst zu fragen, erfahren konnte. Er aß genüsslich seinen Teller leer, trank seinen Wein aus und verließ den *Goldenen Bären*.

Tobias machte sich auf den Weg zur Polizeistation in der Nachbargemeinde. Unterwegs zerbrach er sich den Kopf, warum Frau Passbier so übellaunig gewesen war.

In der Station gab es nur einen Beamten. Das war Moritz Stellwach. Es passierte nie etwas Aufregendes in dem Dorf und man sah ihm an, dass er sich langweilte. Aber nun kam ein leibhaftiger Kriminalhauptkommissar herein und fragte ihn nach Katharina Meiershof. Bereitwillig gab er Auskunft, nachdem er sich und Tobias eine Tasse Kaffee eingeschenkt hatte.

»Katharina kam am Montagmorgen her. Wir kennen uns noch aus der Schule. Ich war gerade beim Frühstück und bot ihr einen Kräutertee an.

Danach hab ich sie gefragt, was sie denn hierher triebe. Sie setzte sich und erzählte, der Clemens sei nicht nach Hause gekommen. Sie wollte eine Vermisstenanzeige aufgeben. Ich sagte ihr, der sei doch bereits öfter für ein paar Tage verschwunden und dass sie sich um den bestimmt keine Sorgen machen müsse. Sie soll allerdings mal die Miriam fragen. Mit der hatte man ihn in der letzten Zeit häufiger im Gasthof gesehen.«

Moritz machte ein nachdenkliches Gesicht. Dann fuhr er fort: »Katharina sah mich aus ihren großen Augen an und Tränen stiegen in ihnen auf. Ich konnte nur nicht ausmachen, ob aus Enttäuschung oder Wut. Was ich gesagt hatte, tat mir schon wieder leid, aber es entsprach nun mal der Wahrheit.« Er schaute Tobias zerknirscht an.

»Katharina, hör auf meinen Rat als alter Freund, lass ihn laufen! Verschließ nicht die Augen vor den Tatsachen! Alle wissen, dass er dauernd fremdgeht. Du auch, hab ich zu ihr gesagt. Ich hab's doch nur gut gemeint. Katharina schüttelte nur mit dem Kopf. Sie wusste, dass ich im Recht war.«

Moritz atmete tief durch. »Dann schlug ich ihr vor, bis zum Ende der Woche zu warten. Wenn er bis dahin nicht aufgetaucht sei, soll sie einfach noch mal vorbeikommen, hab ich ihr vorgeschlagen. Katharina hat sich verabschiedet und ist gegangen. Seitdem hab ich sie nicht wieder gesehen.«

»Gibt es nicht auch einige Mitbürger, die gute Gründe hätten ihn umzubringen?«, fragte Tobias.

»Ja, allerdings. Meist Ehemänner, die von Clemens Hörner aufgesetzt bekamen. Die versetzten Frauen … Ich weiß nicht recht, eigentlich würde ich es keiner zutrauen. Am ehesten noch Ute Passbier, der Gattin vom Wirt. Der hat er angeblich ziemlich den Hof gemacht. Als er dann eine stattliche Menge Geld von ihr ergaunert hatte, hat er sie einfach sitzengelassen. Sie hat ihm außerdem vor Zeugen gedroht, ihn um die Ecke zu bringen. Sie kann froh sein, dass August ihr den Fehltritt verziehen hat.

Es gibt da aber auch eine Reihe anderer Leute, bei denen er sich Kröten geliehen hat. Zum Beispiel bei August Passbier selbst, dem Gastwirt des *Goldenen Bären*.

Das muss allerdings vor dem Fremdgehen von dessen Frau passiert sein. Bei wem sonst noch alles, weiß ich nicht. Dazu müssten Sie vielleicht Katharina fragen.«

»Werde ich machen. Erst mal vielen Dank.«

Am nächsten Morgen wollte Tobias sich den Hof von Katharina Meiershof ansehen. Er lag ungefähr sechs Kilometer vom Hauptort entfernt in einem schmalen Talkessel. Der Weg ging an einem sich sanft bergab neigenden Hang entlang. Von hier aus hatte man einen direkten Blick auf die Hofanlage unten im Tal. Sie bestand aus einem Haupthaus, das im Giebelbereich aus Fachwerk errichtet worden war. Daran schlossen sich die Stallungen und Nebengebäude an, so dass es von oben wie ein Hufeisen aussah. Auf einer Weide tummelten sich einige Schweine, die sich zum Teil in einem kleinen Teich, der von einem winzigen Bach gespeist wurde, suhlten. Dazwischen scharrten ein paar Hühner und zwei Gänse lagen am Ufer.

Wie aus dem Bilderbuch, dachte Tobias und bog nun auf einen Trampelpfad nach unten ab. Als er das Gebäude erreichte, folgte er dem Hinweisschild zum Hofladen und betrat das Geschäft.

Katharina war durch die Türglocke auf Tobias aufmerksam geworden. Sie kam aus dem Nebenraum, in dem sich ein bescheidenes Büro befand.

»Guten Tag. Kann ich Ihnen helfen?«, fragte sie höflich.

»Oh, ich weiß noch nicht. Ich möchte mich erst einmal umschauen«, antwortete er ebenso freundlich.

Er sah sich um. In einer Kühltheke lagerten frisches Fleisch und hausgemachte Wurstwaren, daneben Käse. Gemüse und Obst standen in großen Weidenkörben in der Mitte des Verkaufsraumes. Sie waren so angeordnet, dass man drum herum laufen konnte, um sie zu begutachten. In der Ecke befand sich eine ausladende Holzkiste mit Kartoffeln. Außerdem gab es ofenwarmes Brot und Brötchen, die hinter der Ladentheke auf einem Regal gestapelt lagen.

Katharina beobachtete Tobias. Dann trafen sich ihre Blicke und sie meinte: »Wir sind uns doch bereits begegnet, nicht wahr?«

»Ja, an der Bushaltestelle.«

»Genau ... Haben Sie schon was gefunden?«

»Ich suche etwas, das ich auf meiner Wanderung unterwegs verzehren kann. Es sollte nicht zu schnell verderben oder matschig werden. Belegen Sie auch die Brötchen?«

»Aber sicher. Wenn Sie mir sagen, wie viele Sie möchten und was drauf soll, schmiere ich Sie Ihnen.«

»Prima. Ich nehme drei Stück. Eins mit Salami, ... eins mit Käse ... Und eins mit Schinken«, überlegte er.

»Gekochten oder geräucherten?«

»Sie haben sogar rohen Schinken? Dann wähle ich den.«

»Klar, allesamt hausgemacht, eigenhändig gepökelt und schwarzgeräuchert.«

»Fertigen Sie das alles allein?«, fragte Tobias.

»Allerdings. Fast. Ab und zu kommt der Metzger aus dem Nachbarort und schlachtet mir ein, zwei meiner

Schweine. Die Wurst und den Schinken stelle ich anschließend selbst her. Das brachten mir meine Großeltern bei. Schließlich ist das mein Hof und ich mache das für mich. Es macht Spaß, zu sehen, wie etwas wächst, das man dann ernten und verkaufen kann«, erklärte Katharina stolz und mit verträumtem Blick.

»Das ist aber eine Menge Arbeit.«

»Ist halb so schlimm. Ich bin hier der Boss und niemand sagt mir, was ich wann und wo zu tun habe.«

»Da ist allerdings was dran«, erwiderte Tobias, während er an seinen eigenen Chef denken musste.

»Darf es außer den Brötchen noch etwas sein?«, fragte Katharina und wickelte die Semmeln einzeln in Papier.

»Vielleicht ein paar Äpfel. Können Sie mir eine Sorte empfehlen?«

Sie griff ein Küchenmesser und einen Teller, kam damit hinter der Theke vor und sie spazierten zusammen zu den Körben mit den Äpfeln.

»Probieren Sie mal«, forderte sie Tobias auf und zerteilte mehrere Apfelsorten in kleine Segmente. Als sie es ihm auf dem Teller reichte, berührten sich ihre Finger für einen Sekundenbruchteil. Sie blickte weg, sah sich das andere Obst an.

Tobias nahm ein Stück und kostete es. »Ich heiße übrigens Tobias Andersen.« Einen Moment lang ging ihm die Geschichte von Adam und Eva durch den Kopf und ein Lächeln huschte über sein Gesicht. Nett sieht sie aus, wenn sie verlegen wird, sinnierte er. Und dieses entzückende Muttermal an ihrem Mundwinkel. Schade, dass sie verheiratet ist.

»Ich bin die Katharina ... Katharina Meiershof«, sagte sie und wurde puterrot.

»Der hier. Was ist das für einer?«, versuchte er abzulenken.

»Er schmeckt Ihnen? Das ist ein Berlepsch«, gab sie ihm zur Auskunft.

»Ja, wirklich gut. Geben Sie mir davon vier oder fünf.«

Katharina steckte die Äpfel in eine Tüte, wog sie ab und legte sie zu den Brötchen auf die Ladentheke.

»Sonst noch etwas?«, fragte sie.

»Nein, danke. Ich glaube, das reicht für heute«, sagte er und bezahlte.

»Auf Wiedersehen. Und einen schönen Tag«, wünschte Katharina.

»Danke, gleichfalls«, erwiderte er. An der Tür angekommen, wandte er sich wieder um: »Äh ... kennen Sie hier in der Gegend irgendein Café oder ein Lokal, wo es sich einzukehren lohnt?«

Sie lächelte ihn an. »Hm, da müssen Sie allerdings bis in eines der Nachbardörfer. Das sind mindestens acht oder noch mehr Kilometer.«

»Oha, das ist mir doch ein bisschen zu weit. Sonst kann man nirgends einen Kaffee und ein Stück Kuchen bekommen?«

»Ich glaube, im *Goldenen Bären* gibt es Kaffee und Kuchen. Aber deren Karte kennen Sie wahrscheinlich besser als ich.«

»Nein, ich beabsichtigte eher, unterwegs irgendwo einzukehren, etwas zu trinken und dabei die Aussicht zu genießen«, lehnte Tobias den Vorschlag ab.

»Hm, ... wissen Sie was? Gehen Sie auf Wanderschaft und auf dem Rückweg kommen Sie einfach noch mal rein. Ich habe heute Morgen zufälligerweise einen Apfelkuchen gebacken. Und wenn Sie mögen, lade ich Sie hiermit zu einem Kaffee ein. Dazu futtern wir dann gemeinsam den Kuchen auf.« Katharina strahlte ihn mit ihren blaugrauen Augen aufmunternd an.

Geradezu unwiderstehlich, dachte er. Gerne nahm er die Einladung an.

»Wann soll ich zurück sein?«

»Sagen wir um vier Uhr?«

»Ich freue mich schon.«

Ein wundervoller Tag, ging es ihm durch den Kopf. Unterwegs fiel ihm auf, dass er zwischendurch ein Wanderlied anstimmte. Er pfiff es vor sich hin. Eigentlich mochte er so was nicht. Egal, sinnierte er, heute liebe ich es.

Als Tobias am Nachmittag zum Hof zurückgelangte, hatte Katharina bereits den Tisch draußen gedeckt.

»Der Kaffee ist gleich fertig«, empfing sie ihn. »Setzen Sie sich schon hin und nehmen Sie ein Stück Kuchen.«

Kurz darauf kam sie mit der Kanne aus dem Haus und schüttete ihm und sich jeweils eine Tasse ein.

»Hm, der ist einfach lecker«, lobte Tobias den Apfelkuchen. »Sagen Sie mal, Sie leben hier doch sicher nicht allein. Wo ist denn Ihr Mann?«

Katharina wurde blass. Sie stellte ihre Tasse ab. Nachdem sie sich wieder gefasst hatte, meinte sie: »Clemens ist weg. Sie hörten ohne Frage im *Goldenen Bären* eine Menge Geschichten über uns.«

»Das kann man so ausdrücken. Von Ihnen haben die Leute ja durchweg eine gute Meinung. Aber Ihr Gatte kommt da wohl nicht so toll weg. Die meisten halten ihn für einen Tunichtgut. Ich kenne ihn nicht und erlaube mir somit kein Urteil über ihn. Zugegeben, wenn nur die Hälfte von dem Gerede stimmt, dann verstehe ich allerdings ebenso wenig wie die anderen, dass Sie sich nicht von ihm trennen.«

Katharinas Augen füllten sich mit Tränen.

»Clemens, immer nur Clemens!«, schrie sie. »Warum lerne ich einen so netten Menschen wie Sie erst jetzt kennen? Wieso habe ich nicht schon früher jemanden wie Sie getroffen?« Ein Zittern ging durch ihren Körper und sie schluchzte einfach los.

Tobias, etwas ratlos, kam um den Tisch herum, setzte sich neben sie und nahm sie in den Arm.

»Entschuldigen Sie bitte, ich wollte Sie nicht verletzen. Aber vielleicht möchten Sie drüber reden? Ich bin ein guter Zuhörer«, bot er an.

»Tut mir leid ... Ich kann nicht, ich will das nicht ...« damit erhob sich Katharina und lief ins Haus. Sie ging in die Küche und sank dort auf einen Stuhl.

Tobias kam kurz darauf ebenfalls herein und platzierte sich ihr gegenüber. Aus rot umrandeten Augen sah sie ihn an.

»Warum tun Sie mir das an? Aus welchem Grund sind Sie so hartnäckig?« Sie blickte zur Decke, dann wieder auf ihn. »Es tut mir wirklich leid. Ich hab das auch nicht gewollt. Es ist einfach geschehen«, beteuerte sie.

Er schaute sie fragend an. »Was haben Sie nicht gewollt? Was ist passiert?«, hakte er nach.

»Clemens ...«, stammelte sie.

»Was ist mit ihm?«

»Er ... er ist tot.« Erneut brach sie in Tränen aus, sank nach vorne und vergrub ihr Gesicht auf den Armen.

Tobias starrte sie an. Was hatte Katharina da gerade gesagt? Ihr Mann ist tot? »Woher wissen Sie, dass er tot ist? Was ist vorgefallen? Wollen Sie es mir nicht erzählen?«, forderte er sie ruhig auf. Er beabsichtigte, die ganze Wahrheit aus ihr herauszuholen.

Sie hob ihren Kopf wieder hoch, putzte sich die Nase und sah Tobias mit verzweifeltem Blick an: »Ich habe Clemens einst geheiratet, weil, ... weil ich schwanger war. Von ihm. Das wusste niemand außer uns beiden. Wie eigentlich jeden Freitagabend, so kam er auch damals, ... Wir waren gerade einmal fünf Wochen verheiratet. Und ich war im vierten Monat. Er kam total betrunken nach Hause ...«, erneut schluchzte sie. »Ich wollte ihm helfen ins Bett zu kommen, aber er pöbelte nur herum. Dann drosch er mir mit der Faust auf mich ein. Ich verlor das Gleichgewicht und fiel über einen Stuhl. Mit dem Kopf schlug ich auf einer Tischkante auf. Erst im Krankenhaus kam ich wieder zu mir ... ich hatte mein Baby verloren.«

Erneut überkam sie ein Weinkrampf. Tobias wartete geduldig ab, bis sie sich halbwegs gefasst hatte.

»Das tut mir ausgesprochen leid. Dennoch erzählen Sie weiter«, verlangte er von ihr.

»Wollen Sie das wirklich?« Sie strich sich eine Haarsträhne aus dem Gesicht und blickte ihn an.

»Ich schätze, es ist besser, wenn Sie endlich erklären, was geschehen ist.«

»Ich hab' den Hof alleine bewirtschaftet. Clemens kam nur, um sich Geld zu holen. Erst war es nur für sein Hobby ... ich meine sein Auto, diesen verdammten Schrotthaufen in der Scheune! Später dann auch für seine Weibergeschichten. Das mochte ich am Anfang nicht wahrhaben und verdrängte es. Ich verteidigte ihn vor anderen. Ich war ja so blöd! Alle wussten es. Nur ich ... ich wollte es nicht glauben.«

»Irgendwann muss man sich der Realität stellen«, erwiderte Tobias.

»Ja, das stimmt vermutlich.« Langsam schien sie sich zu beruhigen.

»Aber woher wissen Sie, dass Clemens tot ist?«, erkundigte er sich.

»Ich habe ihn umgebracht!« Katharina löste sich erneut in Tränen auf.

»Sie haben was?«, fragte Tobias ungläubig. Sein Verdacht war mehr in Richtung der Familie Passbier gegangen, jeder von ihnen hätte ein Motiv gehabt. Umso erstaunter war er über Katharinas Geständnis. »Das ist doch nicht wahr, oder?«

»Es ist wahr. Ich wollte das nicht ... Es war keine Absicht. Es ist einfach so gekommen, wie es wohl kommen musste.« Sie atmete erleichtert durch.

»Wie ist es passiert? Bitte, ich möchte jetzt die ganze Geschichte hören.«

»Sie werden mich dafür hassen. Dabei begann ich mich eben ...« Sie sah ihn mit großen Augen an.

»Ich denke, darüber sollten wir später reden. Erst Ihre Story mit Clemens«, forderte er Katharina auf.

Sie sah, dass es keinen anderen Ausweg mehr für sie gab.

»Er kam Freitagabend betrunken heim ...«, fing sie an und erzählte Tobias, was vorgefallen war.

Katharina Meiershof hatte gerade die Schweine gefüttert und ging ins Haus, um das Abendessen vorzubereiten. Ihr Ehemann Clemens war noch nicht von seinem Skatabend zurück. Sie erwartete ihn auch nicht. Wie jeden Freitagabend, so würde es heute wohl ebenfalls wieder sehr spät werden. Sie aß, wie meist, allein. Sie machte sich Spaghetti und Salat. Sie liebte Nudeln. Anschließend schaute sie die Abendnachrichten und begab sich danach ins Bett. Sie schlief ziemlich schnell ein.

Das Gebell von Hunden weckte sie auf. Sie strich sich unwillig einige Locken aus der Stirn, dann blickte sie aus dem Fenster. Sie sah, wie ihr Mann über den Hof wankte.

»Scheißköter!«, polterte er.

Katharina seufzte und ging nach unten, um ihm die Tür zu öffnen.

»Schrei doch nicht so herum«, forderte sie ihn ruhig auf. »Geh lieber rein und leg dich schlafen.«

»Du hast mir nicht zu sagen, was ich tun soll! Verschwinde besser selber in den Federn. Und deinen Mistviechern bring ich jetzt endlich mal Manieren bei. Ich bin's leid, mich von den blöden Kläffern immer anmachen zu lassen.«

Clemens drehte sich um und schritt auf die Hundezwinger zu. Im vorderen befanden sich zwei Schäferhündinnen mit ihren Welpen, im hinteren ein Rüde. Er trat gegen die Zwinger, und die Tiere begannen, erneut zu bellen.

»Haltet die Schnauze, ihr überflüssigen Fresser!«, lallte er.

»Lass doch die Hunde in Ruhe! Sie haben dir nichts getan«, probierte Katharina ihn zu beschwichtigen.

»Misch dich nicht ein! Das erledige ich jetzt ein für allemal«, fuhr er sie an und trollte sich Richtung Scheune. In dieser hatte er sich eine Werkstatt eingerichtet. Er versuchte, einen Jaguar E-Typ zu restaurieren. Hier waren aber auch Gartengeräte und anderes Handwerkszeug, das auf einem Bauernhof benötigt wurde, untergebracht. Clemens stapfte um den mehr wie ein Schrotthaufen aussehenden Wagen herum und griff sich einen Spaten. Mit diesem in der Hand schwankte er zurück zum Zwinger.

»Was hast du vor?«, fragte Katharina.

»Verschwinde!«, schrie er und versetzte ihr einen Stoß, der so heftig war, dass sie zurücktaumelte und dabei hinfiel. Dann öffnete er die Tür des Hundezwingers, immer noch die Schaufel umklammernd. Die Hunde gingen bellend ein paar Schritte auf ihn zu. Sie stellten sich zähnefletschend zwischen Clemens und ihre Jungen, die sich leise fiepend hinter ihre Mütter zurückzogen.

»So, ... jetzt zu euch, ihr elenden, ewig kläffenden Vielfraße«, hörte sie ihn fluchen, während sie sich wieder aufrappelte. Ihr Schlafanzug war voller Matsch und ihre Hände hatte sie sich beim Fallen aufgeschürft. Doch das bemerkte sie kaum. Sie sah nur Clemens, sein wütendes rotes Gesicht, umrahmt von kastanienfarbenem, kurz geschorenem Haar und das Gartengerät in seiner Pranke. Sie reimte sich langsam zusammen, was er vorhatte.

Er hob den Spaten hoch und ließ ihn auf die erschreckten Tiere niedersausen. Aufgrund seines hohen Alkoholpegels verfehlte er sie jedoch. Katharina stürmte in den Zwinger und brüllte ihren Mann an: »Was wird das? Mach, dass du hier wegkommst! Das sind meine Hunde, die gehen dich gar nichts an. Die können so viel bellen, wie sie wollen. Schließlich sollen sie ja Wache halten und auf den Hof aufpassen. Du kümmerst dich doch sonst kein Fünkchen um alles.«

»Blödes Weibsbild!«, fuhr Clemens sie nur an und startete einen neuen Versuch, diesmal auf Katharina zu. Der Spaten war bereits oberhalb seines Kopfes, sie sprang nach vorn und packte ihn am Arm. Sie rangen eine Weile um das Gerät, dann stolperte er, durch den reichlichen Alkoholgenuss benebelt, über seine eigenen Füße.

»Euch werde ich schon noch zeigen, wer hier der Herr auf dem Hof ist!«, schrie er und erhob sich.

Mit einem irrsinnigen Flackern in den Pupillen stürmte er erneut auf Katharina zu und wollte ihr den Spaten wieder abnehmen. Diese schwang ihn jedoch in ihrer Angst vor Clemens in einem großen Bogen auf diesen zu. Der Spaten erwischte ihn am Hals und er stürzte mit einem erstaunten Ausdruck in seinem Antlitz zu Boden. Zitternd ließ sie das Grabegerät los, das scheppernd neben ihrem Gatten liegen blieb. Sie schaute fassungslos auf die ins Leere starrenden Augen ihres Mannes und registrierte erst nach ein paar nicht enden wollenden Sekunden, dass dieser tot war.

»Nein, ... nein, das hab ich nicht gewollt«, flüsterte sie und verließ rückwärtsgehend den Zwinger. Sie rannte ins Haus und wusch sich mit kaltem Wasser durch das Gesicht.

»Was mach ich jetzt? Die Polizei rufen? Keineswegs, vielleicht glauben sie mir nicht. Ganz bestimmt nicht ...« Katharina setzte sich an den Küchentisch und begann zu weinen. Sie konnte sich einfach nicht gegen die Tränen wehren. Aber sie spürte keine Trauer, es war eher eine Art Erleichterung, die sich in ihr ausbreitete. Plötzlich kam ihr eine Idee.

Sie zog sich ihre Latzhose und die Gummistiefel an, dann band sie sich ihr dunkelbraunes Haar zu einem Zopf zusammen. Anschließend lief sie wieder zu den Hunden, die stumm und verstört in einer Ecke des Zwingers saßen. Clemens lag immer noch mit weit offenen Augen da. Katharina hatte den Eindruck, er starre sie ungläubig an. Sie sprach sich selbst Mut zu, ging in das Gehege und zerrte den Toten nach draußen.

»Verdammt, warum bist du so schwer?«, fluchte sie, während sie ihn über den Hof in Richtung Schweinestall zog. Dort bugsierte sie den schlaffen Körper in einen kleinen Raum, der komplett gekachelt war. Hier wurden sonst Schweine geschlachtet und zerlegt.

»... und dann lag er da. Ich wusste plötzlich, was ich zu tun hatte ...«, beendete sie ihren Bericht.

Eine Weile herrschte Totenstille.

Tobias war erschüttert, fasste sich jedoch nach einiger Zeit wieder und fragte Katharina: »Und wo ist Clemens jetzt?«

Die junge Frau wurde kreidebleich, sämtliche Farbe war aus ihrem Gesicht gewichen. Sie sah aus wie eine frisch gekalkte Wand.

»Wo ist Ihr Mann?«, stellte er seine Frage aufs Neue, leise, dennoch bestimmt.

»Ich habe Hundefutter aus ihm gemacht«, flüsterte sie.

»Sie haben was?«, erwiderte Tobias fassungslos, der das Gefühl hatte, ein dicker Kloß stecke in seinem Hals. Er würgte ihn hinunter. »Sagen Sie, dass das nicht der Wahrheit entspricht. Das können Sie nicht getan haben. Nein, das glaube ich Ihnen einfach nicht.« Er war aufgesprungen, schüttelte sein Haupt und sah sie zweifelnd an.

Katharina schluckte: »Es ist aber wahr ... es tut mir leid.«

»Und die Überreste, aus denen Sie kein Futter machen konnten? Ich meine ... den Kopf ... und die Knochen«, wollte er jetzt noch wissen. Der Kriminalist in ihm kam nun vollends durch.

»Die ... die«, begann sie stotternd, » ... die habe ich vergraben. Hinter dem Haus. Im Garten. Ganz hinten, ... bei den Apfelbäumen. Unter den neu gepflanzten, jungen Bäumchen. So tief, dass die Hunde ihn nicht ausgraben können.«

Einige Minuten verbrachten sie in Schweigen. Tobias musste das Gesagte erst einmal verdauen. Irgendwie hatte er sich diesen Tag und dessen Verlauf etwas anders vorgestellt.

»Wenn Sie sofort die Polizei angerufen und erzählt hätten, was geschehen ist, hätte jeder Verständnis für Sie aufgebracht. Bis dahin wäre es wahrscheinlich nur Notwehr gewesen. Doch was Sie dann getan haben ...« Seine Stimme versagte ihm den Dienst.

Sie zerfloss abermals in Tränen. In das Weinen mischte sich unvermittelt hysterisches Gelächter.

Tobias musterte sie irritiert: »Was gibt es da noch zu lachen?«

»Hm, keiner konnte Clemens leiden.« Sie schnappte nach Luft, um weiterreden zu können. »Aber die Hunde hatten ihn zum Fressen gern ...« Erneut lachte sie los.

Er war wie vor den Kopf gestoßen. Er drehte sich um, rief die Polizei an und verließ das Haus.

Eine halbe Stunde nachdem er dem Anwesen den Rücken zugekehrt hatte, fuhr ein Streifenwagen mit Blaulicht in Richtung Hof.

Es war ein weiter Weg für Tobias bis ins Dorf. Er erschien ihm endlos, viel länger als auf dem Hinweg.

Robby

Der Dezember zeigte sich von seiner ungemütlichen Seite. Ein paar Schneeflocken, klein, eher regenähnlich, fielen aus einem grauen Himmel auf Düsseldorfs Straßen.

Die anliegenden Läden präsentierten sich vorweihnachtlich geschmückt. Straßenmusikanten spielten Adventslieder. Aus dem Eingang eines Schuhgeschäftes dröhnte *Jingle Bells*. Vor einer Konditorei stand ein Weihnachtsmann; er teilte Süßigkeiten an Kinder aus. Warm angezogene Menschen schlenderten die Fußgängerzonen entlang, andere huschten hektisch an ihnen vorüber. Sie trugen bunte Päckchen und Einkaufstüten. Ein älteres Ehepaar traf auf Bekannte. Sie blieben stehen und unterhielten sich miteinander. Der Menschenfluss geriet ins Stocken. Es wurde gedrängelt, geschoben, gelacht. Die Paare drifteten auseinander. Die Masse setzte sich wieder in Bewegung.

Veronika Sommer kämpfte sich mit ihrer Tochter Lisa an der Hand durch das Gewühl. Sie hatte es eilig. Unvermittelt zerrte die Vierjährige sie auf das Schaufenster einer Spielzeughandlung zu.

»Mama, schau mal!« Sie drückte ihre Nase an die Scheibe. »Das will ich haben! Das ist toll!«

Die alleinerziehende Mutter schaute in die Auslage. Ein silberner Spielzeugroboter, zwischen niedlichen Stofftieren, bewegte sich pausenlos im Kreis herum.

»Ja, ganz großartig! Jetzt komm, wir müssen weiter! Ich hab noch eine Menge zu tun.«

»Können wir reingehen und gucken? Nur kurz? Bitte, Mami!«, bettelte Lisa.

Veronika strich sanft über den Kopf der Kleinen. »Nein, Maus. Vielleicht bringt der Weihnachtsmann dir so ein Rentier.«

»Aber Mama, kein Rentier! Ich meine den Roboter. Plüschtiere sind für Babys! Aus dem Alter bin ich wirklich lange raus!«, entrüstete sich das Mädchen.

»Ach so!« Veronika unterdrückte ein Lachen.

»Roboter können alles! Stell dir mal vor, der könnte für uns kochen! Spaghetti mit ganz viel Tomatensauce! Oder Spinat mit Rührei.«

»Prima, und ich kratz den dann von der Wand!«

»Ja, Mami, das wär doch lustig! Alles schön Grün mit dicken gelben Punkten! Bestimmt würde er den Abwasch für dich machen!«, schwärmte Lisa.

»Lieber nicht! Sonst steht auf meinem Wunschzettel, dass ich mir neues Geschirr wünsche.« Veronika schüttelte den Kopf. Ihr kastanienbraunes, zu einem Zopf geflochtenes Haar flog nach hinten. »Wenn er mit dir spielen könnte, das fände ich klasse. So, jetzt komm, Schatz! Wir müssen leider noch einkaufen.«

»Ich will aber so einen!« Sie stampfte trotzig mit dem Fuß auf.

Die Mutter hockte sich vor den kleinen Trotzkopf, zupfte einen Fusel vom roten Mantel. »Lisa, bitte! Mach kein Theater! Ich denke, du bist schon so groß! Wir schreiben ihn auf deinen Wunschzettel. Und dann musst du eben abwarten, was der Weihnachtsmann dir bringt.«

Sie gab ihrer Tochter einen Kuss und nahm sie an die Hand. Sie verschwanden im Menschengewimmel.

In der weitläufigen Messehalle in Stuttgart herrschte reges Treiben. Durchsagen schallten über die Köpfe der schiebenden Menschen hinweg. Interessierte blieben bei Ausstellern stehen und erzeugten einen Stau.

Um den Stand der Technic Corp drängelten sich die Besucher. Alexander Kettler, Chefingenieur und Programmierer, nahm seinen Platz auf einer kleinen Bühne mit einem Vorhang ein. Er trug Jeans mit einem darüber hängenden Hemd. Damit kaschierte er seinen leichten Bauchansatz. Nervös spielte er mit seiner randlosen Brille.

»Meine sehr verehrten Damen und Herren, ich möchte Ihnen jetzt unsere neueste Entwicklung vorstellen: Robby X!«

Die schwarzen Stoffbahnen wurden zur Seite gezogen. Zum Vorschein kam ein ein Meter achtzig großer Roboter. Der Blechkamerad war silbern, gekleidet mit blauem T-Shirt und roter Latzhose. Er besaß Arme, Beine, am Kopf Ohren, Nase, Mund und Augen, die geschlossen waren.

»Hey, guck mal, die Klamotten! Stark! Aber 'n bisschen müde schaut er aus der Wäsche!«, tuschelte jemand.

»Klasse, wenn der jetzt noch einen Hut aufkriegt, sieht er genau wie mein Nachbar aus! Nur etwas blasser um den Gesichtserker rum«, spöttelte ein anderer.

Gekicher folgte der Bemerkung. Alexander setzte seine Brille auf, trat hinter den menschenähnlichen Apparat und legte einen kleinen Schalter in dessen Nacken um. Ein leises Summen ertönte. Der Androide öffnete die Augen.

»Guck mal, Klaus! Das wirkt gruselig«, flüsterte eine Besucherin.

»Was meinst du, Annegret? Ist doch bloß ne Maschine!«

»Die Glubscher! Da ist so ein unheimliches grünes Licht in der Pupille.«

»Sie brauchen keine Angst zu haben! Warten Sie bitte einen Moment! Ich werde gleich mit der Vorführung fortfahren«, beruhigte der Ingenieur die aufgeregte Frau.

Er wandte sich erneut dem Roboter zu: »Guten Tag, Robby.«

»Guten Tag, Alexander«, kam mit fließender, menschlicher Stimme.

Ein Raunen ging durch das Publikum.

»Robby, was möchtest du heute gerne machen?«

»Meine Aufgabe ist es, auf Kinder aufzupassen und sie zu beschäftigen. Ich würde mich freuen, wenn ich bald mit jemandem spielen könnte.«

Das gekippte Fenster ließ Straßengeräusche in das in Blautönen eingerichtete Hotelzimmer dringen. Draußen war es stockfinster. Alexander saß auf dem Bett und zog sich die Schuhe aus. Aus seinem Klapphandy ertönte eine Melodie. Er nahm es, schaute stirnrunzelnd auf das Display.

»Hallo, Miriam. Was ist?«

»Hi, Schatz! Das sollte ich dich fragen. Du klingst nicht gerade begeistert. Stör ich? Soll ich später noch mal anrufen?«

Er begann, in dem kleinen Raum auf Socken hin und her zu laufen.

»Nein, entschuldige.« Er strich sich fahrig durch sein dunkelbraunes Haar, das einen Frisörbesuch nötig hatte. »War ein langer Tag. Gibt's was Wichtiges?« Er blieb stehen.

»Nur zwei Dinge. Erstens vermisse ich dich. Zweitens haben meine Eltern uns Weihnachten zum Essen eingeladen.«

»Muss das sein?« Alexander verdrehte die Augen.

»Sie wollen dich endlich kennen lernen.«

Es klopfte an der Tür.

»Einen Moment, Miriam.«

»Guten Abend, Herr Kettler. Ich bringe Ihr Abendessen.« Der Kellner vom Zimmerservice stellte das Tablett auf dem Tisch ab, danach verließ er den Raum.

»Das ist mein Essen. Pass auf, wir sehen uns morgen Mittag bei D'Angelo. Mach's gut!« Damit klappte er sein Handy zu, warf es auf das Bett.

Das kleine Büro war spartanisch eingerichtet. Ein Schreibtisch, auf dem sich mehrere Stapel mit Manuskripten türmten, stand vor dem Fenster. Ein Holzstuhl befand sich davor. Zwei Regale lehnten sich mit Büchern bepackt an die grauen Wände. Eine einsame Yuccapalme fristete ihr Dasein in einer Ecke. Hinter dem

Tisch saß Veronika, in eines der Schriftstücke vertieft. Ihr hochgestecktes Haar ließ sie um einiges älter aussehen.

Ludwig Falkenberg, ein einundsechzigjähriger, alternder Playboy mit graumeliertem Zopf, kam herein. Der Leiter des Falkenberg-Verlages, bei dem sie als Lektorin arbeitete, trug einen sportlichen, beigefarbenen Anzug. Im offenen Kragen seines Hemdes schimmerte eine breite Goldkette.

»Hallo, meine Liebe! Wie geht es Ihnen?«, fragte er einschmeichelnd.

»Gut. Danke der Nachfrage. Kann ich etwas für Sie tun?«

Falkenberg trat hinter sie, schaute über ihre Schulter. Sie versuchte, ihm auszuweichen und weiterzuarbeiten.

»Sie wissen doch, was ich möchte! Gehen Sie mit mir essen. Ich lade Sie ein.«

»Tut mir leid. Meine kleine Tochter wartet auf mich. Ich muss sie gleich vom Kindergarten abholen.«

Er ging um den Schreibtisch herum, setzte sich auf die Tischkante und stellte einen Fuß auf den Stuhl. Er knöpfte ihr das Schriftstück ab.

»Hören Sie mal, mein liebes Kind! Ich meine ja nicht unbedingt heute. Eine Frau wie Sie sollte doch auch mal was andres machen. Immer nur Arbeit ...« Ein süffisantes Lächeln umspielte seinen Mund.

»Tut mir leid, aber ich hab wirklich keine Zeit«, erwiderte Veronika, die Mappe zurücknehmend. »Jetzt in der Vorweihnachtszeit ist ständig schrecklich viel los im Kindergarten. Plätzchen backen, basteln, Weihnachtsfeier vorbereiten. Sie kennen das sicher aus eigener Erfahrung, so als Familienvater.«

Sie nahm ihre Arbeit wieder auf. Der abgewiesene Möchtegernplayboy erhob sich seufzend und ging zur Tür.

»Gut, wie Sie meinen! Ich will mich nicht aufdrängen.«

Er drehte sich noch einmal um. Sein Gesichtsausdruck war ernst.

»Haben Sie etwas vergessen?«

»Ja, ich hab da ein neues Manuskript von einem, meiner Meinung nach, durchaus talentierten, jungen Mann. Ich lasse es Ihnen gleich rüberbringen. Ich brauch es bis morgen. Einen schönen Tag bis dahin!«

Damit verließ er den Raum und schloss die Tür hinter sich. Veronika schlug das Schriftstück in ihrer Hand wütend auf den Tisch.

»Einen schönen Tag bis dahin«, äffte sie ihren Chef nach. »Dieser Lackaffe! Was bildet der sich eigentlich ein!«

Judith Hutmacher, die pummlige, rothaarige Sekretärin, kam mit einer Akte herein.

»Das soll ich dir geben. Du wüsstest Bescheid. Das Gleiche wie immer?«

»Ja. Ich will nicht mit ihm ausgehen. Und er legt mir noch ein bisschen Arbeit zu dem Rest.« Sie zeigte auf die Stapel. »Das ist seine Masche, sich für eine Abfuhr zu rächen. Er weiß, dass ich den Job brauche. Mistkerl!«

»Keine Sorge! Auch der trifft irgendwann auf seinen Meister. Ich passe, Gott sei Dank, nicht in das Beuteschema dieses Dandys. Kann im Übrigen bestens darauf verzichten!« Sie schüttelte sich angewidert, woraufhin beide Frauen loskicherten.

Das D'Angelo war ein italienisches Nobelrestaurant mitten in der Düsseldorfer Innenstadt. Um die Mittagszeit war es immer gut besetzt. Mehrere Kellner wuselten durch das Lokal. Sie trugen alle eine schwarze Hose, ein dezent rot-weiß gestreiftes Hemd, dazu eine um die Hüfte gebundene grüne Schürze.

Alexander saß wartend an einem Tisch an der Wand. Er blickte grimmig drein, spielte nervös mit einer Serviette.

Eine junge Frau in einem modischen Kostüm betrat die Gaststätte. Ein Ober führte die elegante Blondine zu Alexander.

»Hallo, mein Schatz!« Sie beugte sich zu ihm hinunter und hauchte einen Kuss auf seine Wange.

»Grüß dich!«

Miriam setzte sich. Die Bedienung brachte eine Karaffe mit Wasser und entfernte sich wieder.

»Du hast schon bestellt?«

»Ja. Möchtest du lieber selbst aussuchen?«

Sie lächelt ihn an: »Nein, ich kenn doch deinen exzellenten Geschmack.«

Der Kellner servierte die Vorspeise. »Fagioli all'uceletto. Guten Appetit«, erklärte er.

»Was ist das?«

»Weiße Bohnen mit Salbei«, gab Alexander geduldig Auskunft.

»Hm, lecker! Wie war die Messe?«, fragte Miriam und faltete die Stoffserviette auseinander, die sie anschließend sorgfältig auf ihrem Schoß ausbreitete.

»Gut besucht. Die Leute waren begeistert. Na ja, wann bekommt man auch mal einen sprechenden Roboter zu sehen?«

»Habt ihr Interessenten für ihn gefunden?«

»Ja. Ein japanisches Unternehmen und zwei amerikanische nahmen Unterlagen mit. Die Europäer tun sich etwas schwer mit neuartigen Dingen.«

»Das wird sich sicherlich ändern, wenn sie checken, was das Gerät alles kann«, tröstete sie ihn.

»Mag sein. Es ist schließlich ein ganz neuer Einsatzbereich für einen Roboter.«

»Habe ich das richtig verstanden, er arbeitet vollkommen selbständig?«, erkundigte sie sich.

»Ja. Allerdings ist er noch in der Erprobungsphase.«

»Magst du ein Brötchen zu den Bohnen?« Sie hielt ihm einen Korb mit Pizzabrötchen entgegen.

»Danke, gerne.« Er nahm sich vier Stück und stapelte sie neben seinen Teller.

Miriam brach sich ein Brotstückchen ab, wischte damit einen Teil der Salbeisauce auf und steckte es sich in den Mund. Kauend beobachtete sie dabei ihr Gegenüber.

Alexander spielte gedankenverloren mit den Brötchen.

»Schatz, ist eigentlich irgendetwas nicht in Ordnung?«, erkundigte sich die junge Frau.

Bevor er antworten konnte, erschienen drei Kellner. Einer räumte den Tisch ab. Ein weiterer brachte den

Hauptgang. Er näselte: »Pollo alla diavola. Guten Appetit.« Der Dritte schenkte ihnen Weißwein ein.

»Sieht gut aus«, meinte Miriam.

»Sag mal, muss das mit dem Essen bei deinen Eltern sein?« Er stocherte in seinem Hühnchen herum.

»Sie wollen endlich den Mann kennen lernen, mit dem ich den Rest meines Lebens verbringen und eine Familie gründen möchte.« Sie blickte ihn verträumt an.

»Familie gründen?« Er verschluckte sich fast.

»Ich meine, wenn man sich liebt, sollte man auch daran denken. Oder magst du etwa keine Kinder?«

»Ehrlich gesagt habe ich darüber noch nicht nachgedacht.«

»Solltest du aber mal tun! Schließlich bist du schon einundvierzig und wirst nicht jünger.«

»Du weißt, ich hab einen Job, der mich dauernd fordert. Besonders Babys beanspruchen eine Menge Zeit. Und die hab ich nicht«, entgegnete er verärgert und schmiss seine zerknüllte Serviette auf den Teller.

»An Ausreden fehlt es dir ja nicht.«

»Können wir das später diskutieren?«

Alexander trank seinen Wein in einem Zug aus, goss ein weiteres Glas ein, leerte auch dieses. Miriam schaute ihn verblüfft an. Der Ober erschien und räumte ab. Nach einiger Zeit, die stillschweigend dahinfloss, wurde das Dessert gebracht.

»Bringen Sie mir bitte einen Espresso dazu.«

»Wünscht der Herr gleichfalls einen?«, fragte der Kellner.

»Ja, und einen Grappa. Oder besser einen doppelten.«

Schweigend aßen sie ihre Nachspeise. Alexander kippte seinen Grappa hinterher, bestellte die Rechnung und zahlte.

Miriam und Alexander traten auf die Straße vor dem Restaurant, mitten unter die Menschenmenge. In der Stadt herrschte hektische Betriebsamkeit.

»Du hast meiner Meinung nach ein Glas zu viel getrunken. Du solltest nicht fahren.«

»Glaub ich auch«, stimmte er zu, winkte ein Taxi heran und sie stiegen ein.

Während der Fahrt wechselten sie kein Wort miteinander, jeder starrte auf seiner Seite aus dem Fenster.

Die Doppelhäuser der typischen Vorstadtsiedlung sahen von außen gleich aus, unterschieden sich lediglich in der Farbe und der Hausnummer. Auf der schmalen Platanenallee fuhr ein Teenager Fahrrad, ein älterer Herr führte seinen Hund Gassi.

Sie kamen vor Miriams Wohnung an. Alexander bat den Chauffeur, zu warten.

»Kommst du nicht mit rein? Ich mach dir einen Kaffee. Du erholst dich vom üppigen Gelage. Und wir reden noch mal über alles. Außerdem ...«, versuchte sie ihn zu überreden.

»Nein, geht nicht! Heute ist Mittwoch! Mir ist eben siedendheiß eingefallen, dass ich am Nachmittag um drei eine Besprechung mit Oliver hab. Hatte ich beinahe verschwitzt. Entschuldige bitte! Bis dann!« Er drehte sich um und ging zum Wagen.

»Aber ... Alexander! Warte doch mal!«

Er stieg ein, ohne sich nochmals umzuwenden. Der Pkw fuhr davon. Miriam blickte ihm enttäuscht nach.

Auf dem Heimweg holte Veronika Lisa aus dem Kindergarten ab. Sie drängten sich durch den hektischen Weihnachtstrubel, um für das Abendessen einzukaufen. Danach warteten sie an der Haltestelle. Die feuchte Kälte kroch in die Kleidung, bis auf die Haut. Sie schlenderten hin und her, um sich die Füße aufzuwärmen. Endlich erschien der vollbesetzte Bus. Sie quetschten sich hinein.

Nach dem Aussteigen mussten sie noch ein Stück laufen. Unterwegs setzte Nieselregen ein. Durchnässt standen sie vor dem Mietshaus. Es verfügte über sechs Stockwerke; damit war es eines der kleineren in dieser Siedlung. Veronikas Wohnung lag in der fünften Etage. Seit gestern war der Aufzug defekt. Es blieb ihnen nichts anderes übrig, als die Treppen hinauf zu steigen.

Endlich zu Hause angekommen begab sich Veronika an ihre Arbeit, während Lisa in ihrem Zimmer spielte. Da sie kein Arbeitszimmer besaß, hatte sie sich in einer Ecke des Wohnzimmers einen Platz eingerichtet. Sie begann, das Manuskript durchzuarbeiten.

»Mama, ich weiß nicht, was ich tun kann«, kam die Stimme ihrer Tochter vom Boden unterhalb des Tisches.

»Was machst du da? Du sollst nicht unter meinen Schreibtisch krabbeln! Hier liegen so viele Unterlagen und Ordner. Die könnten dir auf den Kopf fallen und das tut ziemlich weh. Schau in deine Bücher. Mal ein schönes Bild für den Weihnachtsmann. Oder spiel mit deinen Pferdchen.«

Die Kleine trollte sich. Nach einer halben Stunde kam sie zurück.

»Ich will fernsehen.«

»Lisa! Nerv nicht. Ich muss das hier fertigmachen.«

Kurze Zeit später schlich sich das Mädchen an seine Mutter heran, umfing sie mit seinen Ärmchen.

»Was möchtest du?«

»Schmusen.«

Sie hob das Kind auf den Schoß. Ganze fünf Minuten dauerte das Kuscheln.

»Mami?«

»Was nun?«

»Ich hab riesigen Hunger«, behauptete die kleine Nervensäge und untermauerte die Behauptung mit einem strahlenden Augenaufschlag, dem ihre Mutter nichts entgegenzusetzen hatte.

Veronika gab auf. Sie ging in die Küche und schob eine Pizza in den Ofen, die sie sich mit Lisa teilte. Danach brachte sie den Quälgeist zu Bett. Sie las ihr eine Gutenachtgeschichte vor, kam jedoch nicht bis zum Ende, da ihr Sprössling vorher einschlief. Hinterher begab sie sich erneut an ihren Berg mit den Schriftstücken.

Am Morgen traf sich Alexander mit Oliver Hahnenfuss im Büro der Technic Corp. Oliver, immer eine Zigarette im Mund und einen Dreitagebart im Gesicht, war Informatiker, Leiter und Gründer der Firma.

»Du siehst aus, als wär dir eine Laus über die Leber gekrochen.« Er musterte sein Visavis skeptisch.

»Nicht direkt. Ich hab mich gestern mit Miriam getroffen«, seufzend ließ sich Alexander auf einen Stuhl vor dem Schreibtisch plumpsen.

»Und?«

»Sie wollte mich ihren Eltern vorstellen. Als Schwiegersohn. Sie versteht nicht, dass sich eine Familie nicht mit meinem Beruf verbinden lässt«, erläuterte er und drehte dabei gedankenverloren seine Brille zwischen zwei Fingern.

Oliver, Studienkollege sowie Freund seines Gegenübers, kannte dessen Beziehungsangst. Er ging nicht näher auf das Problem ein, lenkte stattdessen das Gespräch auf den Messeerfolg. Zusammen entwickelten sie Robby.

»Wir sollten den Roboter auf den Markt bringen. Die Nachfrage ist da«, meinte Oliver.

»Er steckt noch in der Erprobungsphase. Vergiss das nicht!«, sprang Alexander auf das neue Thema an.

»Die Tests verliefen alle positiv«, erklärte Oliver euphorisch.

»Bis auf das Desaster mit Hannes«, rief sein Kollege ihm den Vorfall ins Gedächtnis zurück.

»Aber das haben wir doch behoben. Es handelte sich lediglich um einen klitzekleinen Programmierfehler.« Bei seinen letzten Worten schielte er feixend Alexander zwischen rechtem Daumen und Zeigefinger hindurch an.

»Der kostete Hannes fast seine Hand!«

Er war und blieb gegen eine baldige Vermarktung, während Oliver ihn von seinen Bedenken abzubringen versuchte. Eine volle Stunde tauschten sie Argumente aus, kamen zu keinem gemeinsamen Ergebnis. Ellen Fischer, die Sekretärin, betrat den Raum. Sie legte eine Unterschriftenmappe auf den Schreibtisch.

»Es bringt alles nichts. Entschuldige, wenn ich mich jetzt verabschiede. Ich hab noch eine Menge zu erledigen, mich außerdem heute Mittag mit Brigitte zum Essen verabredet. Du verstehst?« Oliver grinste.

»Bin schon weg!«, verkündete Alexander und verließ das Büro.

Das Grinsen verschwand. Oliver öffnete die Mappe. Vor ihm lagen ein halbes Dutzend Verträge. Bereits vor der Messe schloss er vier mit Interessenten ab. Aber das brauchte Alexander nicht zu wissen. Für ihn zählten die materiellen Werte, menschliche waren von untergeordnetem Interesse. Und hier ging es um das große Geschäft. Er unterzeichnete. Zufrieden griff er eine Zigarre aus einer Kiste auf dem Regal, lehnte sich zurück und schickte lächelnd Rauchkringel in die Luft.

Den Vormittag nahm sich Veronika frei. Ihre beste Freundin Karin lud sie auf eine Vernissage ein. Für diesen Anlass wollte sie sich etwas Passendes kaufen.

Im Einkaufscenter Marbles herrschte das übliche, jahreszeitlich bedingte Chaos. Menschenmassen, die sich durch die Gänge schoben. An jeder Ecke wuchs ein geschmückter Baum aus dem Boden. Das Grün der Fichten war nicht erkennbar unter den silbernen Girlanden, rotblaukarierten Päckchen, Zuckerstangen, funkelnden Styroporschneeballen und blinkenden Kerzen. Stimmungsvolle Musik erklang, unterbrochen von lauten Durchsagen. Engel mit Trompeten schwebten zwischen glitzernden Kugeln über den Rolltreppen. Ein Weihnachtsmann mit bunten Geschenken für die Kinder thronte auf einem Schlitten mit Plastikrentieren.

Während Veronika ein Kleid aussuchte, hüpfte Lisa um die Regale oder kroch unter die Ständer.

»Würdest du das sein lassen? Du schmeißt noch etwas um, fällst vielleicht hin.«

»Och. Einkaufen ist doof. Und langweilig«, motzte der kleine Wirbelwind und stürmte davon. Sie übersah einen der Weihnachtsbäume. Ihre Mutter bekam sie, kurz bevor sie damit zusammenstieß, zu fassen.

»So geht das nicht!«, schimpfte sie genervt.

»Entschuldigen Sie bitte«, sprach eine aufmerksam gewordene Verkäuferin sie an. »Ich beobachte Sie bereits eine Weile. Wäre es nicht einfacher, wenn Sie ohne Ihre Tochter einkaufen könnten?«

»Ja, schon. Leider hat der Kindergarten heute geschlossen. Ich musste sie mitnehmen.«

»Wir haben hier ein tolles Angebot für Eltern, die in Ruhe shoppen möchten. Völlig kostenlos. Unser Robby passt auf die Sprösslinge auf; spielt, bastelt und malt derweil mit ihnen. Sie können sorglos durch die Abteilungen des Kaufhauses streifen, sich umschauen, auswählen, anprobieren. Sollte irgendetwas sein, rufen wir Sie aus. Wenn Sie interessiert sind, finden Sie ihn im zweiten Stock. Immer den Hinweisen nach.«

»Na dann sehen wir uns das Mal an. Kommst du Lisa?«

»Au ja, Mami. Vanessa war auch da. Sie hat im Kindergarten davon erzählt. Ich will jetzt sofort zu ihm«, erklärte die Kleine mit strahlenden Augen.

»Prima! Suchen wir Robby! Vielen Dank für den Tipp.«

Die beiden zogen los. Sie fuhren mit der Rolltreppe eine Etage nach oben, erreichten das zweite Stockwerk. Direkt vor ihnen stand eine große Hinweistafel, auf der Robby abgebildet war. Skeptisch betrachtete Veronika die Abbildung.

Komm spiel mit mir! Folge den roten Fußspuren!, lautete die in riesigen Lettern aufgemalte Einladung.

Neben der Tafel begann die Fährte. Das Mädchen folgte ihr aufgeregt, seine Mutter hinter sich herzerrend. Vor einer Tür mit bunten Blumen, die ein *Bitte eintreten* umrahmten, endete die Spur.

Veronika öffnete den Zugang. Lautes Kinderlachen drang ihr entgegen. Lisa rannte sofort zu Robby, der sie herzlich begrüßte.

»Du kannst ruhig gehen«, meinte die Kleine nur. Sie ging zu einer Gruppe Kinder, die an einem Tisch malten.

»Ja, kaufen Sie in aller Ruhe ein. Ich passe inzwischen auf«, erwiderte der Roboter.

Das Ganze erschien ihr unheimlich. Da sich die anderen Eltern nicht sorgten, versuchte sie es ebenfalls.

Sie schlenderte durch die Abteilungen des Kaufhauses, suchte sich aus, was ihr gefiel. Sie probierte sechs

Kleider ohne Hektik an, bevor sie sich für ein einfaches schwarzes entschied und es kaufte. Den Maschinenmenschen vergaß sie, während sie sich umschaute. Nachdem ihre Besorgungen getätigt waren, ging sie ihre Tochter abholen.

Im Flur ihres Wohnhauses musste sich die gutmütige Nachbarin über den Roboter informieren lassen. Beim Abendbrot gab es nur ein Thema: Robby. Der Tag war für Lisa aufregend verlaufen, endlich konnte sie im Kindergarten etwas erzählen. Sie schlief noch am Tisch ein.

»Wieso hast du den Roboter verkauft? Er ist technisch nicht ausgereift!«, stürmte Alexander ohne Gruß in das Büro.

»Guten Morgen«, erwiderte Oliver. Er lehnte sich vor, drückte seine Zigarette aus. »Wir können nicht ewig an ihm weiterbasteln. Die entstandenen Unkosten müssen wieder reinkommen. Das geht, wie du sicher weißt, nur über den Verkauf eines Produktes.«

»Und wenn was passiert?«

»Was soll passieren? Du bist der Entwickler von dem Ding.« Er zündete sich einen neuen Glimmstängel an, paffte Rauchwolken in die stickige Luft.

»Mit dir zusammen! Ich weiß! Er besitzt eine Reihe Macken, die wir noch nicht beheben konnten.«

»Du musst die Teile einfach regelmäßig kontrollieren und warten«, schlug Oliver vor und zerknickte die halbgerauchte Kippe im Aschenbecher.

»Du machst es dir sehr leicht.«

»Ich bin der Chef! Wenn es dir nicht passt, kannst du jederzeit gehen.«

»Das meinst du nicht ernst?«, kam verblüfft.

»Nein. Reg dich erst mal ab und setz dich hin.« Eigentlich hatte Oliver keinerlei Lust an einer Diskussion, aber es blieb ihm wohl nicht erspart, wollte er nicht seinen besten Mann und Freund verlieren.

Die Unterhaltung dauerte den gesamten Vormittag. Alexander übernahm zähneknirschend die Wartungsaufgaben.

Veronika kam aus dem Keller zurück. Sie hatte Wäsche aufgehangen. Die Wohnungstür stand offen. Sie stutzte, ging hinein.

»Lisa!«

Es erfolgte keine Antwort. Das Kind hielt sich nicht in der Wohnung auf. Sie klingelte bei Frau Winterbusch, der Nachbarin, die ab und an auf ihre Tochter aufpasste. Sie wusste nichts. Die nervös werdende Mutter rief eine Freundin Lisas an, fragte Nachbarn und Bekannte, jedoch ergebnislos.

Sie erinnerte sich an die Begeisterung ihres Töchterchens für Robby und begab sich auf den Weg zu Marbles. Sie rannte die Rolltreppen rauf, riss zitternd die geblümte Tür auf.

Vor dem Roboter hockte Lisa. Hinter ihm stand ein Mann im blauen Overall.

»Du, Alexander? Ist er kaputt?« Die Frage klang sehr besorgt.

»Nein. Er muss nur regelmäßig gewartet werden.«

»Warum?«

»Du musst sicher auch ab und zu zum Arzt. Einfach, um zu sehen, ob du gesund bist.«

»Wieso heißt er Robby?«

»Eigentlich ist seine Bezeichnung Robby X.« Der Monteur nahm einen Schraubendreher aus seinem Werkzeugkasten.

»Und weshalb?«

»Wir haben lange gebastelt, eine ganze Reihe Roboter entwickelt. Wir nummerierten sie durch. X ist die römische Zehn, er ist das zehnte Modell.« Er begann, eine Klappe im Rücken des Androiden aufzuschrauben.

»Wie kommt es, dass seine Hose rot und sein T-Shirt blau ist?« Das Mädchen wanderte nach hinten, um besser zusehen zu können.

»Die meisten Kinder mögen die Farben.« Er legte das abgeschraubte Teil auf einen Tisch, der neben ihm stand.

»Warum schraubst du das auf?«

»Weil ich sämtliche Steckverbindungen überprüfen muss. Ob sich Kabel gelockert haben. Vielleicht irgendeines abgegangen ist.«

»Tut ihm das nicht weh?«

»Nein. Es ist nur eine Maschine«, lachte Alexander.

»Hat er auch ein Herz?«, bohrte Lisa weiter.

»Nicht wirklich. Bei ihm nennt man das Motherboard, wie bei einem Computer.«

»Was sind das für kleine Plättchen?«

»Mikrochips.«

»Aha. Er kann sprechen und spielen. Hat er eigentlich ein Gehirn?«

»In ihm befindet sich ein Prozessor. Das ist sozusagen sein Denkapparat.«

Lisa schwieg eine Weile. Nachdenklich sah sie Alexander bei seiner Arbeit zu.

»Warum haben die Kabel unterschiedliche Farben?«

»Jedes hat eine andere Funktion. Man darf sie nicht vertauschen und verschiedenfarbige miteinander verbinden. Es würde nichts funktionieren oder etwas könnte kaputt gehen.«

»Kriegst du alles wieder richtig zusammen?«

»Ich hoffe schon. Sonst sind morgen eine Menge Kinder enttäuscht.« Er lachte.

»Soll ich dir helfen?«

»Ich glaube, du bist jetzt bestens informiert«, mischte sich Veronika in die Unterhaltung ein. »Tut mir leid, wenn Lisa Sie aufgehalten hat.«

»Sie hat mich nicht genervt. Wir haben nett miteinander geplaudert. Ist normalerweise ein einsamer Job.«

»Ich hab noch ein Hühnchen mit ihr zu rupfen.«

»Ja, Mami. Aber ...«, sie sah betroffen zu Boden.

»Kein aber. Du kannst nicht einfach von zuhause weggehen, ohne mir Bescheid zu sagen. Ich machte mir fürchterliche Sorgen. Ist dir das eigentlich klar?«

»Seien Sie nicht zu streng«, wandte Alexander ein. »Ich bin mit meiner Arbeit fast fertig. Gehen wir zusammen einen Kaffee trinken. Dann können Sie sich etwas beruhigen. Ist das ein Vorschlag?«

Sie fand ihn sympathisch und nahm die Einladung an. Die Unterhaltung dauerte länger als geplant.

Zuhause angekommen brachte Veronika Lisa zu Bett.

»Du, Mama?«

»Ja, Kleines?«

»Findest du Alexander eigentlich nett?«

»Wie kommst du darauf?« Sie strich dem Kind zärtlich übers Haar.

»Och, er hat dich so komisch angeguckt.«

»Komisch angeguckt?«

»Ja, er hat ausgesehen wie die verliebten Typen aus der langweiligen Serie, die du immer ansiehst. Ich weiß nicht mehr, wie die heißt.«

Veronika musste lachen.

»Wie sehen denn verliebte Typen aus?«

»Wie Alexander.«

»Ach«, das Gespräch würde keine genaueren Angaben bringen, weil Lisa nicht in der Lage war zu beschreiben, was sie meinte. »Soll ich dir noch was vorlesen?«

»Nein, brauchst du nicht. Ich bin müde. Aber du solltest über ihn nachdenken. Ich fand ihn jedenfalls nett.«

Veronika räumte die Küche auf und dachte an die Unterhaltung mit ihrem Töchterchen.

Am nächsten Tag rief Alexander an und erkundigte sich nach Lisa. Er lud sie und Veronika zu einem Besuch im Aquazoo ein. Gerne nahmen die beiden das Angebot an. Es wurde ein schöner Nachmittag, der mit einem gemeinsamen Essen in einer Pizzeria endete.

Es war nicht das letzte Treffen. Sie unternahmen von da an häufiger etwas zusammen. Frau Winterbusch passte auf die Kleine auf, wenn sie auf eine Veranstaltung nicht mitkonnte. Mit einem wissenden Grinsen auf dem Gesicht und zufrieden mit dem Ergebnis ging das Mädchen zu der Nachbarin. Endlich guckte ihre Mami auch wie die Frauen in der langweiligen Serie.

Im Verlagsbüro war Veronika in ein Manuskript vertieft, als das Telefon klingelte. Es war Alexander.

»Hast du heute Abend Zeit?«

»Für dich immer.«

Während des Gesprächs stand Falkenberg, von ihr unbemerkt, an der Tür. Sein Gesichtsausdruck nahm einen verärgerten Ausdruck an. Er ging in sein Büro zurück.

Wütend stapfte er auf und ab. Ihn hatte sie abgewiesen! Das durfte nicht sein. Jetzt musste er mit anhören, wie sie mit ihrem neuestem Schwarm flirtete. Das konnte er nicht zulassen!

Er rief Judith zu sich.

»Bringen Sie doch bitte die beiden Manuskripte zu Veronika. Eben fragten die Autoren nach. Ich habe sie ganz vergessen. Das Zeug liegt schon seit zwei Monaten hier. Sie soll es bis morgen überarbeiten.«

»Bis morgen?«

»Rede ich undeutlich? Gehen Sie endlich!«

Kopfschüttelnd übergab Judith die Unterlagen an die Lektorin.

»Tut mir leid. Ich glaub, jetzt dreht er vollkommen durch. Bis morgen will er sie fertig haben. So sauer hab ich unseren Boss noch nie gesehen. Hat mich fast angebrüllt.«

»Ist nicht wahr, oder? Ich hab mich mit Alexander verabredet. Ich muss ihm wohl absagen«, meinte sie resignierend.

»Warum tut er das?«

»Ich weiß nicht. Er ist und bleibt eben ein Ekelpaket. Na ja, bis zum Wochenende ist nicht mehr lang.«

Sowohl der Samstag, wie auch der Sonntag, fielen ins Wasser; Falkenberg packte ihr die beiden Tage mit Druckvorlagen und Schriftstücken voll. Alle mussten unbedingt noch vor Weihnachten erledigt werden. Ihr blieb kaum Zeit für Alexander. Dieser ließ sich nicht abschrecken, kam vorbei, beschäftigte sich mit Lisa und kochte sogar ein viergängiges Menü.

»Guten Abend Oliver«, ertönte eine bekannte Stimme aus dem Hörer.

»Oh! Ludwig. Lange nichts von dir gehört. Wie geht es dir?«

»Ich habe ein kleines Problem. Vielleicht kannst du mir helfen?«

»Was ist los? Spuck's aus.«

»Du arbeitest doch mit Alexander Kettler zusammen?«

»Ja, was hat er ausgefressen?«

»Ich beschäftige hier eine reizende Mitarbeiterin. Du verstehst mich? Leider will sie nicht so, wie ich möchte.«

»Was hat das mit Alexander zu tun?«

»Na ja. Sie hat wohl ein Auge auf ihn geworfen.«

»Das kannst du natürlich nicht zulassen! Hattest du denn schon Erfolg bei ihr?«

»Nein. Das ist es ja. Mir gibt sie einen Korb, hat tausende Ausreden. Und per Zufall erfahre ich von ihrem Techtelmechtel mit deinem Alexander«, beschwerte sich Falkenberg.

»Das glaube ich jetzt nicht. Erst vor kurzem hat er Schluss gemacht mit Miriam. Klasse Weib. Ne prima Partie obendrein. Weißt du, er hat ziemliche Beziehungsängste. Sobald es ernst wird, macht er immer einen Rückzieher. Keine feste Bindung. Du verstehst?«

»Ich will auch nicht gerade eine dauerhafte Beziehung mit ihr.«

»Da hat Pauline wohl was gegen!«, spöttelte Oliver.

»Ist schon gut. Ich lasse mich einfach nicht gerne abweisen. Und ein bisschen Spaß muss man sich gönnen. Da stellt sich Pauline nicht quer. Wenn du Veronika kennen würdest, hättest du vollstes Verständnis für mich.«

»Beschreib mal.«

»Sie arbeitet als Lektorin für mich. Unverheiratet. Eine Tochter, alleinerziehende Mutter. Sechsunddreißig. Kastanienbraunes, langes Haar. Ungefähr einssiebzig. Tolle Figur.«

»Tolle Figur?«

»Ja. Nicht pummlig, nicht mager. Einfach sehr weiblich. Du verstehst?«

»Weiblich? Meinst du große Titten? Darauf hast du immer schon gestanden, nicht?«

»Werd nicht vulgär! Nicht übergroß, eben handlich.«

»Entschuldige. Aber du warst schließlich noch nie ein Kostverächter«, stellte Oliver fest.

»Tja, man hat oder man hat nicht.«

»Und bisher hat sie dir widerstehen können?«

»Leider. Sie müsste sich auch mal was gönnen ... Und vor allem mir«, verkündete Falkenberg.

»Okay. Wir sollten uns mal treffen und die Angelegenheit bei einem Glas guten Weines näher bequatschen.«

Alexander hasste Partys. Oliver hatte ihn gebeten herzukommen, wegen einiger für die Firma wichtiger Leute, Imagepflege und Auffrischen von Kontakten. Veronika konnte heute Abend nicht, deshalb war er allein gegangen.

Er umkreiste in Grüppchen herumstehende Gäste, die mit Sektglas in der Hand, gelangweilt dreinschauend mit ihrem Gegenüber den neuesten Klatsch austauschten. Er erblickte seinen Chef, der an der Bar stand.

»Komm, ich stelle dich ein paar interessanten Mitmenschen vor«, schlug Oliver vor.

»Du weißt, dass ich Smalltalk nicht mag!«

»Sei kein Frosch. Schau mal da hinten«, er stürmte mit Alexander im Schlepptau schnurstracks auf das Buffet zu. »Wenn das nicht mein alter Kumpel Ludwig Falkenberg ist!«

»Das ist ja eine Überraschung! Wann haben wir uns zuletzt gesehen? Muss eine Ewigkeit her sein!«

»Übertreib nicht. Darf ich dir meinen Mitarbeiter Alexander Kettler vorstellen?«

»Freut mich, Sie kennen zu lernen. Holen wir uns was zu trinken?«

Sie ergatterten drei freie Plätze an einem Tisch in der Nähe der Theke.

»Machen wir's uns bequem«, meinte Falkenberg. »Was treibst du so?«

»Wir entwickelten zusammen einen Roboter und stellten ihn auf der Stuttgarter Messe vor. Das Ding verkauft sich prima. Privat gibt es keinerlei Neuigkeiten, bin immer noch nicht verheiratet. Die Auswahl ist zu groß«, witzelte Oliver. »Wie geht es deiner Familie?«

»Pauline ist mit den Mädels nach Österreich zum Skilaufen. Ist nicht meine Welt.«

»Apropos Nachwuchs. Was hältst du von der heutigen Schlagzeile im Rundblatt?«, fragte Oliver.

»Meinst du den Artikel bezüglich der Rede unseres Bürgermeisters zur Eröffnung der neuen Schule?«

»Nein. Ich meinte den Bericht *Totes Kind gefunden - Polizei sucht nach dem Täter.*«

»Nur überflogen. Wahrscheinlich haben die Eltern ihre Aufsichtspflicht vernachlässigt. Ist doch immer dasselbe«, erwiderte Falkenberg.

»Machen Sie es sich nicht ein wenig zu einfach?«, mischte sich Alexander jetzt in das Gespräch ein.

»So war das nicht gemeint. Aber ist es nicht mittlerweile Realität, dass viele Sprösslinge sich gezwungenermaßen um sich selbst kümmern, weil Mama und Papa berufstätig sind?«

»Das mag sein. Es ist ebenfalls Tatsache, dass die meisten arbeiten müssen, um sich und ihre Familie zu ernähren, Miete zahlen zu können«, argumentierte Alexander.

»Ich glaube nicht, dass man den Eltern die Schuld zuweisen sollte. Damit macht man sich die Angelegenheit zu einfach«, schaltete sich Oliver ein.

»Aber man kann nicht auf jedes Kind in der Nachbarschaft, auf der Straße oder sonst wo achten. Tut man das, gilt man womöglich gleich als Pädophiler«, Falkenberg verzog das Gesicht.

»Ich begreife Menschen nicht, die sich an Wehrlosen vergreifen. Mehr wollte ich mit meiner Frage nach dem Beitrag nicht sagen, keine lange Diskussion auslösen. Das Thema ist, denke ich, für den heutigen Abend etwas zu ernst. Wir sollten es auf später verschieben, in einer anderen Umgebung. Was meint ihr?« Oliver sah sich fragend in der kleinen Runde um.

»Du hast recht. So eine traurige Angelegenheit kann man besser zu Hause bereden«, schlug Falkenberg vor.

»Gehen wir also wieder zum belanglosen Gerede über!« Alexander verzog säuerlich sein Gesicht.

»Er findet Partygelabere langweilig«, informierte Oliver den Verlagsinhaber.

»Ist es doch auch«, verteidigte sich Alexander. »Die meisten umschleimen einander mit nichtssagenden Floskeln, lächeln sich an, finden sich jedoch zum Kotzen. Was ist da toll dran?«

»Die Art und Weise, wie sie es machen.« Falkenberg sah sein Gegenüber interessiert an.

»Hm, das Thema ist ebenso doof«, befand Oliver.

»Okay. Schlagen Sie etwas vor«, forderte Falkenberg Alexander auf.

»Was Ernstes oder lieber ein fröhlicher Inhalt«, wollte der wissen.

»Letzteres wäre mir angenehmer«, meinte der Verlagsinhaber.

»Wie ist es mit Frauen?« Oliver strich sich über seinen Dreitagebart und erzeugte dabei ein kratzendes Geräusch.

»Klingt verlockend.« Falkenbergs Augen leuchteten auf. Er begann, mit seiner goldenen Kette zu spielen.

»Was Besseres fällt euch wohl nicht ein!« Alexander sah die beiden an, die rechte Augenbraue zuckte leicht nach oben. Er schüttelte ungläubig den Kopf.

»Hier laufen einige süße Käfer rum. Vielleicht findest du einen netten Zeitvertreib für heute Abend«, frotzelte Oliver breitgrinsend.

»Du hast es nötig über andere zu spotten, bist selber doch kein Kostverächter. Was meinen Sie dazu?« Falkenberg blickte Alexander auffordernd an.

»Ich schätze Brigitte würde ziemlich sauer reagieren, wenn er fremdginge.«

»Sie müsste es nicht unbedingt erfahren.«

»Das wäre Betrug! Ich fände es unfair meiner Partnerin gegenüber«, entgegnete Alexander.

»Oh, ein kleiner Moralapostel«, spottete Falkenberg.

»Nein, es ist meine Meinung. Letztendlich muss das jeder mit sich ausmachen.«

»Hm, nehmen wir einen Fall aus meinem Verlag. Sie ist Lektorin. Eine hübsche, junge Frau, alleinstehend mit Kind. Wir gingen zusammen aus. Dann ergab sich der Rest von allein. Pauline gesteht mir ab und an ein unbedeutendes Vergnügen zu. Solange nichts Ernstes draus wird. Sie weiß, dass ich etwas Abwechslung brauche«, dabei grinste er, als hätte er einen Kleinjungenstreich erzählt.

»Kannst du mir die Kleine bei Gelegenheit vorstellen?«, feixte Oliver und zwinkerte dem Verlagsinhaber zu.

»Gerne. Komm einfach mal vorbei. Wie ich sie kenne, ist sie einem Abenteuer nie abgeneigt. Letzte Woche Dienstag zum Beispiel kam ich in ihr Büro. Da stand sie engumschlungen mit einem unserer Autoren und knutschte ihn ab. Dass sie ihn nicht gleich an Ort und Stelle vernascht hat, war wohl nur meinem plötzlichen Auftauchen zu verdanken. Sie schien etwas verärgert darüber zu sein.«

»Scheint mir verständlich. Du solltest dich beim nächsten Mal unauffällig entfernen, besser vorher anklopfen. Oder möchtest du ein Spielverderber sein?«

»Ich glaube, sie hat damit kaum Probleme. Wie gesagt, es ist nur ein Beispiel. Die Betonung liegt hier auf ein.«

»Du kennst noch andere?« Olivers Neugierde kannte keine Grenzen.

»Am Donnerstag besuchte ich mit Pauline eine Ausstellungseröffnung. Veronika turtelte mit einem Hünen von einem Kerl, so einem Bodybuildertypen, im Gang zu den Toiletten. Seine Hände waren irgendwo in ihrer Wäsche unterwegs.«

»Alexander? Geht's dir gut?« Besorgtheit klang in Olivers Stimme.

Alexander war leichenblass geworden.

»Entschuldigt mich bitte«, sein Tonfall war zu einem rauen Flüstern abgesunken. Er stand auf und verließ den Raum.

»Treffer!« Falkenberg lachte. »Du hast was gut bei mir.«

»Ich fürchte, das war ein eine Prise zu viel für ihn«, in Olivers Stimme schwang leichtes Bedauern mit.

»Meldet sich etwa dein Gewissen?«

»Nein. Es ist nur ... er hat sich wohl wirklich in das Mädel verliebt. Was du über sie erzähltest, dürfte harter Tobak für ihn sein.«

»Er wird's überleben. Und ich habe nun freie Bahn«, freute sich der durchtriebene Verlagschef. Er lehnte sich zufrieden zurück, stieß mit Oliver auf seinen Erfolg an.

Am Nachmittag des folgenden Tages rief Veronika Alexander an. Er hatte jedoch abends einen wichtigen Termin mit einem Kunden.

Der nächste Anruf endete ebenfalls mit einer Absage.

»Ist irgendetwas?«, fragte sie beim dritten Versuch.

»Nein, nichts«, kam seine spärliche Antwort.

»Du klingst irgendwie merkwürdig.«

»Meinst du?« Alexander klang genervt.

»Hast du diese Woche noch mal Zeit?«

»Sieht nicht gut aus. Ich habe eine Menge zu erledigen. Übermorgen fliege ich für vier Tage nach London.«

»Das ist schade. Und danach?«

»Veronika, wir beenden unsere Beziehung besser.«

Sie starrte fassungslos auf den Hörer. Er hatte zu ihrem Erstaunen einfach aufgelegt, ohne eine Antwort abzuwarten oder einen Grund zu nennen.

Die total deprimierte Veronika stürzte sich in ihre Arbeit, vergrub sich hinter Bergen von Manuskripten. Sie zog sich von allen zurück, nahm keine Hilfe von ihren besorgten Eltern an. Sie ließ sich nicht einmal von ihren Grübeleien durch Karin ablenken.

Falkenberg, der mit der Trennung Alexanders von Veronika erreicht hatte, was er wollte, versuchte sich erneut an sie heranzumachen. Schließlich gab sie seinem Drängen nach und verabredete sich mit ihm für den nächsten Abend.

Der Tag begann mit Regen. Am frühen Nachmittag schüttete es bereits aus Kübeln; es sollte sich auch nicht ändern.

Veronika zog ihren Mantel an. Sie schob die motzende Lisa zu Frau Winterbusch hinein und eilte zum wartenden Taxi vor der Haustür. Falkenberg erwartete sie vor der Oper. Sie wollten in Mozarts Zauberflöte.

Sie ging vor ihm her durch die Sitzreihe. Sein Blick glitt über das enge, dunkelrote Kostüm, das ihre Figur betonte. Die Jacke besaß einen tiefen Ausschnitt, in dem eine Perlenkette schimmerte. Weiter kam er nicht. Das Licht verlosch. Die Aufführung begann.

»Gehen wir irgendwo eine Kleinigkeit essen?«, fragte er sie nach der Vorstellung.

»Kennen Sie ein Restaurant, das noch geöffnet hat?«

»Ja. Es liegt etwas außerhalb der Stadt. Mein Wagen steht gleich um die Ecke.«

Sie hasteten durch den Regen. Er hielt einen Schirm über sie, half ihr beim Einsteigen.

»Ziehen Sie den nassen Mantel am besten aus und legen ihn nach hinten«, schlug er vor.

Das Wasser perlte bereits von der Wolloberfläche ab. Wenn sie eine Weile darauf säße, sickerte es in den Stoff; die Feuchtigkeit würde Frieren bedeuten. Deshalb kam sie seinem Vorschlag gerne nach. Sie empfand seine Fürsorglichkeit als angenehm.

Das Auto rollte die Landstraße entlang, nahm Fahrt auf.

»Ich hoffe, es macht nicht zu viele Umstände«, sorgte sich Veronika.

»Ist schon in Ordnung. Für sein Vergnügen muss man halt Opfer bringen.«

Er musterte seine Begleiterin von der Seite. Ihr Rock war über die Knie hochgerutscht.

»Hübsche Beine«, schmeichelte Falkenberg. Im gleichen Atemzug bog er auf einen Weg ab, der an einem kleinen See vorbei, auf ein Lokal zuführte.

Der Parkplatz lag gut hundert Meter entfernt. Er war von riesigen Kastanienbäumen umgeben. Kniehohe Laternen, die rundherum standen, beleuchteten ihn spärlich. Zwei weitere Autos parkten im vorderen Bereich.

»Sind wir da?« Sie versuchte, das enge Kleidungsstück etwas herunterzuziehen. Die Bemerkung war ihr sichtlich peinlich.

Er hielt im hinteren Abschnitt des Stellplatzes an und schaltete den Motor aus.

»Komm schon. Das sollte ein Kompliment sein. Du bist eine begehrenswerte Frau. Ich sagte es bereits früher, erinnerst du dich?«

Er rückte näher, strich sanft eine Haarsträhne aus ihrem Gesicht.

»Was soll das werden? Ich dachte, wir gehen essen«, erwiderte sie verwirrt über das plötzliche Du sowie seinen Annäherungsversuch.

»Sei nicht naiv! Du weißt, was ich möchte«, säuselte er in ihr Ohr. Er versuchte sie zu küssen.

»Das glaube ich jetzt nicht. Das kann nicht Ihr Ernst sein!« Sie stieß ihn weg. »Bringen Sie mich bitte heim.«

»Pass mal auf, meine Süße. Ich hatte ein paar Ausgaben, nun will ich etwas zurück. Sei einfach ein kleines bisschen nett zu mir.«

»Nett? Was meinen Sie damit?«

Er ließ seine Finger sanft an ihrem Hals entlang Richtung Ausschnitt wandern.

»Fangen wir mit einem Kuss an, dann wird sich der Rest ohne Frage von alleine ergeben«, forderte er sie auf.

»Nein!« Sie stieß seine Hand weg.

»Stell dich jetzt nicht albern an!«, fauchte er.

Beim Versuch ihre Jacke zu öffnen, riss er einen Knopf ab.

»Sie wollen ein Verhältnis mit mir! Ich war wirklich zu blöd! Aber damit das klar ist, ich gehe niemals mit Ihnen ins Bett!«, schrie sie ihn hysterisch an. Sie versuchte, die Tür aufzumachen.

Er grinste: »Ich mag Frauen, die sich nicht leicht ergeben. Du machst mich unheimlich an. Komm endlich her!«

Er packte sie, küsste die sich Wehrende. Seine Hand begab sich auf Wanderschaft, glitt auf ihre Schenkel und schob den Rock hoch. Eine schallende Ohrfeige beendete seinen Ausflug.

»Nein! Zu keiner Zeit! Sie eingebildeter, alter Playboy! Suchen Sie sich Ihre Betthasen anderswo!«

»Wie Sie meinen! Steigen Sie aus! Sie sind fristlos gefeuert!«, giftete er sie wütend mit hochrotem Gesicht an.

»Zu gerne«, antwortete sie zornig.

Sie nahm ihren Mantel und stieg aus. Falkenberg fuhr mit auf dem Schotter durchdrehenden Reifen davon. Er ließ sie im strömenden Regen stehen. Sie stand einen Moment da, sah den sich entfernenden Rücklichtern nach. Aus ihrer Handtasche kramte sie das Handy heraus und rief ein Taxi.

Pitschnass kam sie zu Hause an.

»Kindchen, was ist geschehen? Sie sehen ja aus wie eine gebadete Katze«, entfuhr es Frau Winterbusch. Der verstörte Ausdruck auf dem Gesicht ihres Gegenübers entging ihr nicht.

»Nichts.«

»Für Nichts schauen Sie aber ziemlich mitgenommen aus. Kommen Sie, die Kleine schläft. Gehen Sie erst mal schön heiß duschen. Ich mach derweil einen Kaffee. Und wenn Sie danach jemanden zum Reden brauchen, ich kann gut zuhören«, bot sie an.

Veronika nickte stumm und verschwand im Badezimmer. Nach der Dusche fühlte sie sich besser. Frau Winterbusch goss das schwarze Gebräu ein und ließ sich neben der jungen Frau nieder. Zitternd trank diese einen Schluck und setzte die Tasse ab.

»Spucken Sie's aus. Was ist passiert?«

»Ach, Frau Winterbusch ...«, begann Veronika.

Sie erzählte der alten Dame alles, was in der letzten Zeit geschehen war.

»Ich habe nur Pech mit Männern. Einen Job besitze ich auch nicht mehr. Was soll ich nur machen?«

»Kopf hoch. Uns fällt schon was ein.«

»Wenn ich allein wäre, hätte ich keine Sorge. Aber ich muss Lisa versorgen, ernähren, kleiden. Wovon?«

»Als Lektorin können Sie sicherlich freiberuflich arbeiten. Von hier aus. Alles was Sie benötigen, sind doch ein Computer und das Internet. Beides besitzen Sie.«

»Und wo kriege ich Aufträge her?«

»Mein liebes Kind! Eine Kleinigkeit gibt es schon noch zu tun. Nehmen Sie ihr Telefon! Rufen Sie die Verlage an! Bieten Sie ihre Dienste an! Ich kann mir gut vorstellen, dass eine Nachfrage besteht.«

»Sie haben Recht. Ich fange gleich an.«

»Ich glaube, Sie sollten sich erst mal gründlich ausschlafen. Morgen ist ein neuer Tag, dann sieht die Welt wieder freundlicher aus.«

Alexander wachte auf, wusste zunächst nicht, wo er sich befand. Er setzte sich auf die Bettkante, stöhnte kurz auf und rieb sich die Schläfen. Sein Kopf schmerzte höllisch. Die Erinnerung an den gestrigen Tag kam, als er sich umdrehte und Julia friedlich schlummernd in den Laken erblickte.

Er lernte sie gestern auf der Geburtsfeier von Oliver kennen. Er saß an der Bar, beobachtete die Anwesenden. Sein Blick fiel auf eine langbeinige Blondine in einem schwarzen Cocktailkleid. Sie stand gelangweilt in der gegenüberliegenden Ecke. Er gesellte sich zu ihr. Sie kamen ins Gespräch. Er erfuhr, dass sie Germanistik studierte und eine Freundin von Brigitte und Oliver war.

Nachdem sie feststellten, dass sie nicht die geborenen Partygäste waren, beschlossen sie, gemeinsam etwas Nahrhafteres als die Häppchen vom kalten Buffet essen zu gehen. Sie fuhren ins D'Angelo und genossen ein ausgiebiges Mahl. Als sie das Restaurant verließen, zeigte sich bereits die Wirkung des nicht unerheblichen Rotweinkonsums.

Engumschlungen, im angeheiterten Zustand, kamen sie auf die Idee, noch eine Bar zu besuchen. Der Abend endete feuchtfröhlich in ihrer Wohnung, in ihrem Bett.

Es tat ihm leid. Der Ausgang des gestrigen Tages entsprach so gar nicht seiner Vorstellung. War wohl etwas viel Alkohol mit im Spiel gewesen. Er raffte seine Sachen zusammen, zog sich an, schrieb eine Entschuldigung auf einen Zettel und trottete heimwärts.

Veronika hatte eine Menge zu erledigen. Übermorgen war bereits Heiligabend. Gestern rief sie drei Verlage an und unterbreitete ihnen ein Angebot. Einer bestellte sie gleich zu sich; die anderen schlugen einen Termin im neuen Jahr vor. Ein Stapel mit Manuskripten wartete auf ihrem Schreibtisch. Die Selbständigkeit begann ihr zu gefallen, war allerdings mit einem Haufen Bürokratie verbunden, in die sie sich einarbeiten musste.

Mit Lisa an der Hand hetzte sie durch die Stadt. Ihr Mobiltelefon summte. Sie kramte es aus ihrer Tasche.

»Ich möchte mich für mein Benehmen neulich entschuldigen«, meldete sich Falkenberg.

»Ich habe es eilig. Was wollen Sie?«, fragte sie unwirsch.

»Ihnen Ihren Job wieder anbieten.«

»Nein. Besten Dank.« Sie legte auf.

»Komm, wir müssen weiter. Lisa?«

Veronika drehte sich um, schaute den Bürgersteig rauf und runter. Alles was sie erblickte waren wogende Menschenmassen; die Vierjährige entdeckte sie nirgends. Sie lief nervös die Straße entlang bis zur nächsten Kreuzung. Sie fragte die Entgegenkommenden nach dem kleinen Mädchen. Niemand konnte ihr eine Auskunft geben. Sie versuchte es in der entgegengesetzten Richtung, auch hier nur Kopfschütteln. Sie suchte in einer Bäckerei, in der sie manchmal Brot kaufte, in dem Spielzeugladen mit den lustigen Rentieren im Fenster, rannte auf die andere Fahrbahnseite. Lisa blieb, wie vom Erdboden verschluckt, verschwunden.

Panik überkam sie. Das durfte nicht wahr sein. Wo sollte sie suchen? Sie musste zur Polizei eine Vermisstenanzeige aufgeben. Hektisch machte sie sich auf den Weg zur Polizeistation, die sie nach fünf Minuten Fußweg erreichte.

»Kommen Sie bitte mit«, bat eine Beamtin freundlich, »der Kollege wird die Anzeige aufnehmen.«

»Setzen Sie sich doch!« Er öffnete eine Seite auf seinem Computer. »Name.«

»Sommer. Lisa Sommer.«

»Wie alt ist ihre Tochter?«

»Vier.«

»Wo und wie ist sie verschwunden?«

Veronika schilderte den Vorgang. Ihr Gegenüber zog die Stirn in Falten und rief einen Kollegen an. Hektik breitete sich auf der Polizeistation aus. Lisa war bereits das zweite Kind, das verloren ging. Sie fragten nach Lieblingsspielorten und Freunden.

»Gehen Sie nach Hause. Sie können uns am besten bei unserer Arbeit helfen, wenn Sie zuhause sind. Für den Fall, dass Ihr Sprössling von allein zurückkommt«, forderte der Beamte sie auf. »Erst gestern verschwand ein fünfjähriger Junge. Das kommt in den Adventswochen, bei dem Gewühl auf den Straßen sowie in den Geschäften, leider häufiger vor. Meist tauchen die kleinen Ausreißer von selbst wieder auf.«

Dunkelheit senkte sich über die Stadt. Veronika lief wie ein gefangenes Tier in der Wohnung hin und her. Die Nachbarin war zu ihren Kindern gefahren. Sie fühlte sich einsam, begann zu telefonieren. Ihre Eltern konnten ihr nicht beistehen; sie erholten sich derzeit mit Freunden in der Schweiz. Also versuchte sie es bei Karin. Ihre Freundin befand sich gerade mit ihrem Mann auf dem Weg ins Theater. Niemand hatte Zeit.

Die Stunden vergingen im Schneckentempo. Das Warten zehrte an ihren Nerven. Sie hielt es nicht mehr in der Wohnung aus, begab sich erneut auf die Suche. Sie klapperte nochmals alle Wege ab, die Lisa kannte, irrte durch die düsteren Straßen.

Ihr Weg führte sie zurück nach Hause. Sie schleppte sich die Treppen rauf und ließ sich auf der Couch nieder. In ihrer Verzweiflung und Einsamkeit überkam sie die Idee, Alexander könnte etwas wissen. Vielleicht war die Kleine bei ihm. Sie überwand sich, obwohl er sie mit seinem Verhalten schwer verletzte, und wählte seine Nummer. Er war ihre letzte Hoffnung.

Alexander saß mit Oliver in seinem Büro, einen Stapel Papiere in der Hand.

»Aus diesen Kontoauszügen gehen eine Reihe Verkäufe hervor. Sie alle betreffen den Roboter. Davon hast du mir bis jetzt nichts erzählt«, führte er an.

»Sieh mal! Robby ist aus der Erprobungsphase raus. Wir sind unseren Arbeitnehmern gegenüber verpflichtet, Geld zu verdienen. Sogar wir benötigen manchmal welches«, verteidigte sich Oliver.

Im gleichen Augenblick klingelte das Telefon. Auf dem Display erkannte Alexander, dass es Veronika war.

»Geh du bitte ran. Sag, ich sei nicht da«, bat er und schob seine Brille nervös nach oben.

»Gerne. Aber zuerst müssen wir einige wichtige Dinge zu Ende bereden. Unser neuestes Projekt sollte Anfang des nächsten Jahres auf einer Messe vorgestellt werden.«

»Du meinst den Flugsimulator.«

»Ich denke, du bist der am besten Geeignete für den Job. Ich überlasse dir die Aufmachung des Standes. Alles, was dazugehört. Du hast bereits Erfahrung in dem Bereich. Überleg es dir.«

Das Gespräch dauerte eine weitere halbe Stunde. Oliver verließ das Büro mit einem Stapel Unterlagen, Prospekten, Flyern. Er begab sich in sein Arbeitszimmer, dort steckte er sich eine Zigarette an und rief Veronika an.

»Leider muss ich Ihnen mitteilen, dass Alexander im Moment wichtige Termine zu erledigen hat.«

»Ich möchte ihn nur etwas fragen.«

»Außerdem hielte ich es für angemessen, dass Sie ihn endlich in Ruhe lassen.«

»Aber ich ...«, weiter kam sie nicht.

»Damit Sie Bescheid wissen! Er ist wieder mit Miriam zusammen. Die beiden haben sich verlobt, wollen im Frühjahr heiraten. So, das war's dann mal. Tschüss«, verabschiedete er sich mit einem gehässigen Grinsen im Gesicht. Er legte auf und rieb sich zufrieden die Hände.

Oliver schaute auf, sah Alexander, einen dicken Ordner mit Bankunterlagen unter dem Arm, sprachlos in der Tür stehen.

»Was gibt es noch?«

»Du solltest ihr lediglich sagen, ich sei nicht da!« Er knallte die Mappe auf den Tisch. »Das mit Miriam war nicht nötig! Du weißt, dass das eine Lüge war.«

»Na und? Jetzt sei nur nicht kleinlich. Ich dachte, du wolltest sie loswerden!«

»Aber nicht so«, regte er sich auf.

»Was willst du eigentlich? Du bist doch derjenige, der sich aus dem Staub macht, wenn aus einer Beziehung mehr werden könnte!«, brüllte Oliver ihn an. »Miriam wäre eine Superpartie für dich gewesen! Dessen ungeachtet lacht sich der Herr lieber eine unbedeutende Lektorin an. Gleich mit einem Balg im Schlepptau! Einfach rührend! Nur erkor Ludwig die Kleine bereits für sich!«

Die Erkenntnis traf Alexander wie ein Schlag ins Gesicht. So lief das also! Er drehte sich entsetzt um. Er hegte nur einen Wunsch, nichts wie raus aus dem Gebäude, möglichst weit weg von der Firma und ihrem Chef. Er war enttäuscht und gleichzeitig verärgert über seine Gutgläubigkeit gegenüber Oliver, den er für seinen Freund gehalten hatte.

Ziellos streifte er durch die Stadt. Müde kam er zu Hause an, ließ sich in der Küche auf einen Stuhl vor dem Fenster sinken. Das war sein Lieblingsplatz, wenn er nachdenken wollte. Von hier genoss er einen herrlichen Blick in den Garten der alten Stadtvilla, in der er wohnte.

Nach der achten Tasse Kaffee und wütend auf sich selbst, schlug er mit der Faust auf den Tisch, traf mit voller Wucht die Kante. Er sprang mit einem Satz auf, rieb sich mit schmerzverzerrtem Gesicht die Hand. Dazu fluchte er wie ein Kesselflicker. Alles Grübeln brachte ihn nicht weiter, er kam immer zum gleichen Ergebnis. Er liebte Veronika und musste sie mit seiner Feigheit tief verletzt haben. Sein Versuch, sie anzurufen, blieb erfolglos.

Es war elf Uhr abends, der Schnee ging in Regen über, als Alexander vor Veronikas Wohnung angelangte. Er streckte seine Hand zur Klingel aus, zog sie jedoch wieder zurück. Er drehte sich um, wollte gehen und überlegte es sich abermals anders. Er klingelte.

»Sommer.«

»Ich bin's. Alexander.«

»Was willst du?«

»Ich muss mit dir reden.«

»So? Um die Uhrzeit?«

»Lass mich bitte rein.«

Es dauerte einige Minuten, bis der Türöffner mit seinem typischen Summen ertönte. Alexander stellte fest, dass der Aufzug immer noch kaputt war. Er joggte die Treppe hinauf. Neunzig Stufen zählte er auf seinem Weg. Als er atemlos oben ankam, blickte er in ein bleiches, übernächtigtes Gesicht mit verquollenen, roten Augen. Er erkannte Veronika kaum wieder. Sie schien um Jahre gealtert.

»Veronika, es tut mir so leid. Aber Oliver und Falkenberg ...«, entschuldigte er sich und erzählte in der Tür stehend von der Intrige der beiden.

»Komm rein«, forderte sie ihn auf.

Sie nahmen im Wohnzimmer Platz, er in einem Sessel, sie auf dem Sofa.

»Was ist mit dir, was ist passiert?«

»Lisa ist weg«, flüsterte sie.

»Was heißt, weg?«

Zunächst stockend erzählte sie ihm, was geschehen war. Als sie mit ihrem Bericht fertig war, stand er auf und setzte sich neben sie. Er legte seinen Arm um sie, wollte sie trösten. Aber ihm fiel nichts Rechtes ein. Sie schmiegte sich an ihn, döste, ohne ein weiteres Wort gesagt zu haben, erschöpft ein. Er bettete sie vorsichtig auf die Couch.

Er lief ruhelos in der Wohnung auf und ab, überlegte, was er tun könnte. Trotz der späten Stunde rief er bei der Polizei an, erkundigte sich, ob sie schon etwas Neues wüssten. Leider gab es keine positive Auskunft. Er hockte sich hin und sah Veronika bei ihrem unruhigen Schlaf zu.

Die Sonne schien von einem strahlend blauen Himmel. Weiße Schäfchenwolken zogen daran vorbei. Die Straße vor dem Haus war menschenleer.

Lisa spielte mit einem Ball, schmiss ihn hoch in die Luft, um ihn anschließend aufzufangen. Sie dribbelte ihn ein Stück, dann kickte sie ihn mit einem kräftigen

Tritt über einen Zaun. Das Spiel langweilte sie. Sie begann, *Hänschen klein* zu summen und hüpfte davon.

Das Mädchen kam an eine Kreuzung und bog nach links ab. Bunt geschmückte Läden säumten die Seiten. In sämtlichen Schaufenstern tanzte ein kleiner Roboter. Er war von singenden Rentieren umringt. Jedes Mal, wenn sie mit ihrem Gesang aufhörten, sagte er einen Reim aus einem Märchen auf: »Ach, wie gut, dass niemand weiß, dass ...«

Das Kind lachte, nahm Anlauf und sprang in eine der Auslagen. Die Scheibe wabberte kurz, als sei sie aus Wasser. Hernach erstarrte sie wieder zu Glas. Lisa schrumpfte auf die Größe der Hirsche zusammen, verwandelte sich in einen und sang mit ihnen. Der Roboter in ihrer Mitte verzog sein Gesicht zu einer boshaften Fratze und begann zu tanzen ...

»Veronika! Wach auf!«

Schweißgebadet erwachte sie. Tränen liefen über ihr Antlitz. Alexander hatte sie geweckt und versuchte sie zu beruhigen.

»Du hast geträumt.«

»Es war furchtbar!«, schluchzte sie.

Zitternd erzählte sie ihm den Albtraum.

»Es war nur ein blöder Traum«, meinte er tröstend.

»Hm, könnte es sein, dass Lisa im Marbles bei Robby ist?«, überlegte Veronika.

»Was soll sie da? Ich meine, ein kleines Mädchen kommt doch nicht einfach so auf die Idee, mal eben in die Stadt zu wandern. Und dann marschiert sie in ein Kaufhaus? Um mit einem Roboter zu spielen?«

»Ich habe überall nach ihr gesucht. Jeden gefragt, der sie kennt. Nichts! Sie hat gerne mit Robby gespielt. Und es ist der einzige Ort, an dem ich noch nicht war. Sie ist schon mal davongelaufen. Erinnerst du dich? So lernten wir uns kennen. Lass uns hingehen! Bitte!«, flehte Veronika.

»Wir müssen bis zum Morgen warten. Die Läden sind geschlossen, machen erst um neun Uhr auf. Außerdem solltest du vorher etwas essen. Sonst brichst du mir unterwegs womöglich zusammen.«

Widerwillig zwang sie sich ein Brot und eine Tasse Kaffee hinunter, schaute fortwährend zur Uhr.

Bevor sie das Kaufhaus aufsuchten, gingen sie zur Polizei.

»Lisa könnte im Marbles sein.«

»Was soll das Kind denn da?«, fragte der Beamte und sah sie ungläubig an.

»Sie hat immer gern mit dem Roboter gespielt und ...«

»Und da meinen Sie, der hat Lisa kurzerhand entführt«, der Polizist unterdrückte mit Mühe ein Lachen. »Gehen Sie bitte nach Hause und schlafen gründlich aus. Wir sind an dem Fall dran und tun alles, was in unserer Macht steht. Aber dass sie im Marbles ist, schließen wir aus.« Es gab keine weitere Diskussion, das Gespräch war für ihn beendet. Veronika wollte protestieren.

»Komm mit!« Alexander packte sie am Arm und führte sie hinaus.

Das Einkaufscenter öffnete gerade seine Pforten. Nur wenige Leute kreuzten den Weg von Alexander und Veronika. Sie marschierten geradewegs zur Spielzeugabteilung. Sie lag menschenleer vor ihnen. Die geblümte Tür vor dem Raum, in dem der Roboter mit den Kindern spielte, war abgesperrt. Alexander holte den zuständigen Abteilungsleiter, einen Herrn Obersmeier, und erklärte ihm, worum es ging.

»Das ist doch absoluter Unfug!«, regte sich Obersmeier auf, dabei zitterten sein Schnauzbart sowie das Doppelkinn und er sah aus wie ein bellender Seelöwe. »Wir haben vor ein paar Minuten erst geöffnet. Über Nacht kann sich niemand hier in diesen Geschossen aufhalten. Das ist ausgeschlossen.«

»Wir möchten bloß nachsehen. Wahrscheinlich ist auch keiner da drin«, versuchte Alexander, ihn zu überreden.

»Ich will nur kurz reinschauen«, bat Veronika.

»Erklären Sie mir bitte, wie ein kleines Mädchen unbemerkt da reinkommt. Die hätte doch die ganze Nacht geheult und rumgebrüllt.«

»Und wenn nicht? Vielleicht ist ihr irgendwas passiert.« Sie gab nicht auf.

»Ich weiß zwar nicht was es soll, aber ich hol schon den Schlüssel«, erwiderte der Abteilungsleiter widerwillig. Kopfschüttelnd zog er davon, um ihn zu holen.

Es schien eine Ewigkeit vergangen zu sein, als der Mann zurückkehrte. Er schloss auf. Das Spielzimmer war leer.

»Sehen Sie! Da ist nichts. Sagte ich doch gleich«, entfuhr es Obersmeier. »Jetzt entschuldigen Sie mich bitte. Mein Job wartet auf mich. Auf Wiedersehen.«

»Tut mir leid, wenn ich Sie von Ihrer Arbeit abgehalten habe, aber es hätte ja sein können«, erwiderte Veronika resigniert.

Sie wollte gerade den Raum verlassen, als sie ein leises Weinen hörte.

»Habt ihr das gehört?«

»Was ist jetzt noch?«, motzte Obersmeier.

»Da weint jemand!«

»Ich hör es auch«, kam ihr Alexander zu Hilfe.

»Aber es befindet sich niemand in dem Spielzimmer. Das haben Sie selbst gesehen.« Der verzweifelte Abteilungsleiter zwirbelte nachdenklich die Bartenden. »Moment! Es gibt da eine angrenzende Kammer. Allerdings dient sie nur als Lager für die Spielsachen. Der Spiegel ist gleichzeitig die Tür.«

Sie durchquerten das Zimmer. Alexander öffnete die Tür. Dahinter war es stockdunkel. Er tastete nach dem Schalter, machte das Licht an.

In einer Ecke saß Lisa und weinte. Ein kleiner Junge, kaum älter als sie, hatte beschützend seinen Arm um sie gelegt und versuchte sie zu trösten. Ihnen gegenüber stand Robby. Nur ein leiser Summton und das grünliche Schimmern in seinen Augen zeigten, dass er eingeschaltet war.

Alexander näherte sich vorsichtig dem Roboter: »Hallo Robby. Was machst du an diesem Ort?«

»Ich spiele mit den Kindern.«

»Im Dunkeln?«, erkundigte sich Alexander.

»Ich wurde in der Kammer abgestellt. Aber man vergaß, mich abzuschalten. Ich war ganz allein da drin. Mir ist langweilig geworden. Ich wollte niemandem weh tun. Den Jungen und das Mädchen behielt ich nur hier, um jemanden zum Spielen zu haben. Besonders schlimm waren immer die Wochenenden. Keiner kam malen, basteln, erzählen ...«, erklärte Robby.

Der Maschinenmensch klang in der Tat traurig. Ungläubig starrten ihn alle an. Alexander gelangte mittlerweile neben dem Roboter an. Langsam hob er die Hand, schaltete ihn ab. Das Glimmen in den Augen verlosch. Das Summen hörte auf.

Lisa sprang auf und rannte zu ihrer Mutter, die das Kind glücklich in die Arme schloss. Herr Obersmeier kümmerte sich derweil um den Jungen, informierte dessen Eltern. Wütend wählte Alexander eine Nummer aus dem Adressbuch seines Handys.

»Guten Morgen Oliver.«

»Hallo Alexander! Hast du dich wieder beruhigt und es dir überlegt?«

»Nein, darum geht es nicht!« Alexanders Stimme wurde lauter.

»Was kann so wichtig sein, dass du mich am frühen Vormittag anrufst?«, wollte Oliver wissen.

»Am Besten schwingst du deinen Hintern aus deinem Bürosessel und kommst persönlich ins Einkaufscenter Marbles!« Das klang nicht nur nach einer Aufforderung; es war ein Befehl.

»Was soll ich im Marbles? Ist irgendwas geschehen?«

Dumpf grollte Alexanders Stimme durch das Mobiltelefon: »Ja, es ist was passiert! Unser guter Freund Robby hat ein Eigenleben gestartet und nebenbei ein paar Kinder entführt!«

»Du solltest dich um den Roboter kümmern! Das war dein Job, nicht meiner«, wehrte der Firmenboss ab.

»So einfach kommst du mir nicht davon!«, drohte Alexander wütend.

»Jetzt reg dich erst mal ab! Was schlägst du vor?«, startete Oliver einen Beschwichtigungsversuch.

Alexander atmete tief durch, bevor er antwortete: »Ich möchte, dass du Robby, sowie die anderen baugleichen Modelle seiner Art, sofort abholen lässt. Sie müssen alle, und ich meine wirklich alle, einer eingehenden Prüfung unterzogen werden.«

»Okay. Ich schicke einige Leute los, um sie einzusammeln. Wann kann ich mit dir rechnen?«

»Nie mehr«, erklärte Alexander absolut ruhig. »Ich werde nicht in deine Firma zurückkehren.« Er legte auf.

Der köstliche Duft eines in der Küche garenden Essens wabberte in das Wohnzimmer. Endlich Heiligabend, Lisa schmückte mit ihrer Mutter den Weihnachtsbaum. Die Tanne, die eigentlich viel zu groß für den Raum war, stellten sie in einer Ecke auf. Weihnachtsmusik erklang. Ein für drei Personen festlich gedeckter Tisch wartete auf das Auffahren des Mahles.

Es läutete. Die Kleine stürmte zur Haustür, drückte den Türöffner, ohne zu fragen, wer da sei. Veronika gesellte sich zu ihr. Sie mussten sich in Geduld üben.

Eine endlose Zeit schien verstrichen, als aus dem Treppenhaus ein riesiger Paketturm auftauchte.

»Verdammter Aufzug! Immer, wenn man ihn braucht, ist das blöde Ding kaputt!«, fluchte jemand schnaufend irgendwo zwischen glänzenden Schachteln, bunten Schleifen und zwei gewaltigen Geschenktüten, die an seinen Armen hingen.

»Du siehst aus wie ein Packesel. Komm, lass dir helfen«, bot Veronika an und ergriff die obersten Kartons, die bereits eine bedenkliche Seitenlage einnahmen.

»Vielleicht hättest du einen mitbringen sollen«, schlug Lisa kichernd vor.

»Werd bloß nicht frech! Sonst bringt dir der Weihnachtsmann nichts«, drohte Alexander.

»Aber du hast doch schon alles dabei, Santa Claus! Und du möchtest das ganze Zeug bestimmt nicht wieder runterschleppen. Hab ich recht?«, fragte die Vierjährige neunmalklug.

»Und außerdem müsstest du auf die knusprig braun gebratene Weihnachtsgans mit Rotkohl und Klößen verzichten«, machte ihm Veronika den Mund wässrig.

»Sklaventreiber! Darf ich jetzt zunächst einmal rein und abladen?«

»Klar doch, wenn du so fragst«, forderte ihn Lisa mit einer angedeuteten Verbeugung zum Eintreten auf.

»Wart nur! Gleich hab ich die Hände frei, dann versohl ich dir erst mal dein Hinterteil, du freches Gör!«

Lachend nahm die Kleine ihm ein Päckchen ab und rannte hinein. Sie stapelten die Geschenke unter den Baum, während Veronika in der Küche hantierte.

Sie aßen gemeinsam zu Abend mit einem zappeligen, aufgeregten Mädchen am Tisch.

»Mami?«

»Was gibt es?«

»Wann darf ich auspacken?«

»Wenn wir alle mit Essen fertig sind.«

»Ich bin schon satt.«

»Veronika, spann das arme Kind nicht so auf die Folter. Ich fand die Warterei auch immer ätzend«, unterstützte Alexander die Kleine.

»Okay. Meinetwegen, da ihr euch so einig seid, hab ich wohl keine Chance.«

Lisa schlich zum Weihnachtsbaum.

»Was ist denn für mich?«, erkundigte sie sich aufgeregt.

»Deine sind die mit den rosa Schleifen«, half er ihr.

Er und Veronika traten hinter das Mädchen, schauten ihr beim Auspacken zu. Als sie sich kurz umwandte, drehte Alexander gerade ihre Mutter zu sich herum.

»Nun zu dir. Magst du ... ich meine ...«, begann er zu stottern.

»Was?« Sie sah ihn lächelnd an.

»Veronika, willst du mich heiraten?« Er zwinkerte Lisa zu, nahm Veronika in den Arm, und bevor sie antworten konnte, küsste er sie.

Geschichten aus Steinebach

Steinebach kann überall sein, irgendwo in Deutschland. Die Einwohner haben ihre Eigenheiten, wie andere Menschen in anderen Dörfern, gleichgültig wo, in diesem Land. Sie feiern ihre Feste -kirchliche, traditionelle und private. Zudem besitzen sie ein ihnen charakteristisches Lebensmotto. Nach diesem lassen sie ihre Mitmenschen, Nachbarn genauso wie Leute aus den Nachbargemeinden, ihre Eigenarten ausleben. Jeder kennt hier jeden. Man hilft sich untereinander in sämtlichen Lebenslagen, hält zusammen, wenn es darauf ankommt, niemand stellt Fragen, schließlich: Jeder hat eine Leiche im Keller.

Womöglich waren Sie ja bereits in Steinebach oder einem Ort, der diesem ähnelt, zu Besuch, vielleicht im Urlaub? Sie wohnen gar selbst in einer Gemeinde, die Steinebach gleicht? Haben Sie einen Anwohner oder Freund erkannt? Kennen Sie eine der Festivitäten? Ist einem Ihrer Umwohner etwas Ähnliches passiert; gar Ihrer eigenen Person? Sollte Ihnen bisher nichts Ungewöhnliches aufgefallen sein: Halten Sie Augen und Ohren offen!

Nur keine Angst, die Geschehnisse fanden nicht innerhalb eines Jahres statt. Sie sind hier nicht einmal chronologisch aufgeführt. Sie reihen sich lediglich jahreszeitlich aneinander: Winter, Frühling, Sommer, Herbst ...

Der Schneemann

Sanft fiel die Landschaft zum Steinebach hin ab, der durch das weite Tal mäandrierte. Alles lag unter einem weißen Tuch aus Schnee, das langsam, aber stetig dicker wurde. Wie Finger, die sich in die Luft reckten, stachen vereinzelt Zaunpfosten aus dem Weiß hervor. An den kaum erkennbaren Hängen der flachen Hügel gab es hier und da ein paar Bäume, meist Fichten, die das Überbleibsel einer Weihnachtsbaumkultur darstellten.

Steinebach erstreckte sich an einer wenig befahrenen Landstraße in der Nähe des gleichnamigen Flüsschens. Das Dorf bestand aus dreiundzwanzig Häusern, die sich auf beiden Seiten des Steinebaches verteilten. Außerdem gab es eine kleine Kapelle, die dem Brückenheiligen Nepomuk geweiht war. Sie stand direkt neben der schmalen, gemauerten Nepomukbrücke, die den Fluss querte. Gottesdienste fanden nur zu besonderen Anlässen statt, wie Weihnachten oder, wenn ein Eingeborener es schaffte, einen Partner herzulocken, sogar einer Hochzeit. Weiterhin erwähnenswert bleibt die Dorfkneipe, die auf dem gegenüberliegenden Ufer lag. Sie trug den sinnigen Namen *Zum Goldenen Hirschen*, obwohl selbst die ältesten Bewohner hier niemals auch nur einen Hirschen gesehen hatten. Eine Witwe erbaute sie im vorigen Jahrhundert, wohl um etwas Gesellschaft zu haben, nachdem ihr Gatte sie überraschend verließ, um auf den Friedhof in Oberaubach umzusiedeln. Seitdem befand sich die Gaststätte in Familienbesitz; es erbten immer die Töchter. Bemerkenswert, in zweifacher Hinsicht, war ebenso der Tante-Emma-Laden. Erstens war er in einem Fachwerkhaus untergebracht, das aus dem Mittelalter stammte. Es war nur für kleine Menschen gedacht, mit einer Maximalgröße von einssechzig. Wagte sich jemand rein, der größer war, so versuchte bereits die Eingangstür, dies zu verhindern. Hatte er es dessen ungeachtet hineingeschafft, schlug er sich unweigerlich den Kopf an den Deckenbalken an. Zweitens, *nomen est omen*, hörte der Besitzer des Ladens auf den Namen Hans-Peter Krämer.

Außer den Häusern im Ortskern gab es drei Bauernhöfe im Umland. Otto Stallmann besaß einen modernen Aussiedlerhof und das meiste Land in der Gegend. Es handelte sich überwiegend um Weiden und Anbauflächen für Futter, die sich um ganz Steinebach verteilten. In seinen Ställen fristeten gut hundert Kühe und vierhundert Schweine ihr Dasein. Seine Frau Mathilde führte den Hofladen. Die zwei kleineren Höfe gehörten Heinrich Quast und Georg Waldner, beide Anfang dreißig und noch zu haben. Die Vierseithöfe, die letztlich ihren zweihundertsten Geburtstag erleben durften, standen direkt nebeneinander an der Landstraße. Jeder hatte nach hinten raus einen Garten, der eher die Bezeichnung Wild- oder Naturgarten verdiente. Ein paar Hühner, Gänse und Enten wuselten im Sommer glücklich durch das Gebüsch. Auf der Suche nach Leckerbissen, wie Schnecken und Regenwürmern, erledigten sie das fällige Unkrautjäten. Zum Schwimmen watschelte die Schar kurzerhand zum Steinebach, der am Ende der

Grundstücke entlang floss. Jetzt, im Winter, ruhten sich die meisten der geflügelten Mitbewohner in der heimischen Tiefkühltruhe aus.

Im Herbst errichtete Stallmann auf dem abgeernteten Weizenfeld, das an dem Weg zu seinem Hof und der Landstraße lag, einen riesigen Traktor aus Rundstrohballen. Derzeit hatte er sich in einen Schneetrecker verwandelt. An seiner Seite hing ein überdimensionales Schild, auf dem zwei lächelnde Schweine ihre Koteletts anpriesen.

Heinrich Quast und Georg Waldner bauten vor dem rechten Borstenvieh einen Schneemann.

Nachdenklich richtete sich Heinrich auf: »Schorsch, weißt du eigentlich, warum alle Hein zu mir sagen?«

»Nö.«

»Richtig heiße ich Heinrich.« Er stemmte die Arme in die Seiten.

»Mhm.«

»Na ja, ist vielleicht leichter auszusprechen. Was meinst du?«

»Joo.«

»Woher stammt die Bezeichnung Schorsch?«

Die Antwort war lediglich ein Schulterzucken.

»Schooorsch«, dehnte er den Namen. »Hört sich ähnlich wie Georg an. Schorsch klingt musikalischer. Wie eine kleine Melodie«, philosophierte er weiter und klatschte eine Handvoll Schnee auf den Rücken des mittlerweile über zwei Meter großen Eismannes.

»Schorsch, hast du Schal, Mütze und Knöpfe mitgebracht?«

»Joo.«

»Wo hast du die her?«

»Vom Speicher.«

»Deinem?«

»Nö.«

»Welchem?«

»Krämers.«

»Dann werden sie ihn weiterhin wärmen.«

Lächelnd wickelte Heinrich dem Schneemann einen gelb, grün und orange gestreiften Schal um den Hals, setzte ihm eine ebenso gemusterte Pudelmütze auf den Kopf.

»So jetzt noch die Knöpfe.«

Zufrieden grinsend hielt Georg seinem Kumpel eine Schachtel vor die Nase: »Hab ich von Krämers Mantel.«

»Gib her.«

»Nö.«

»Wieso nicht?«

»Hab ich abgemacht, mach ich wieder dran«, damit setzte er die schwarzen Mantelknöpfe auf den Bauch des Schneemanns. Er wollte gerade den vierten aufsetzen, als die ersten meinten es sei an der Zeit, sich gemeinsam auf den Weg nach unten zu begeben.

»Och nöö«, motzte Georg und klaubte sie aus dem Schnee.

»Du musst sie richtig fest andrücken«, riet Heinrich ihm.

»Jau, jau, jau.« Bei jedem Jau puhlte er mit dem Zeige-finger etwas Schnee weg und drückte einen Knopf in das entstandene Loch. »Hält«, verkündete er strahlend.

»Ich hab noch eine Möhre und einige Kohlen mitge-bracht. Daraus machen wir ihm ein Gesicht«, schlug Heinrich vor.

Georg trat ein paar Schritte zurück und zeigte auf die Mitte des Schneemannkopfes: »Nase dahin.«

»Dorthin?«, fragte Heinrich und hielt die Karotte vor den Kopf.

»Joo.«

Heinrich bohrte die Mohrrübe in das Schneegesicht.

»Gut so?«

»Joo.«

»Jetzt die Augen.« Heinrich ging hinter den Schnee-mann, schlang seine Arme um den monströsen Körper und hielt zwei Kohlestücke über die Möhre.

Georg zeigte mit beiden Daumen nach außen. Die schwarzen Glubscher wanderten auseinander.

»Stop!«

»Gut so?«

»Joo.«

Heinrich markierte die Stellen am Kopf, latschte auf die Vorderseite und befestigte die Kohlen.

»Machst du den Mund?«

»Joo.«

»Der ist aber falsch rum«, motzte Heinrich, als er das Ergebnis sah. »Der schaut unfreundlich aus der Wä-sche.«

»Wie Krämer.«

»Dreh die Schnute bitte anders herum. Lächelnd gefällt er mir besser.«

»Joo.«

»Sieht doch prima aus. Und jetzt ab nach Hause. Nach der Arbeit hier in der Kälte haben wir uns einen heißen Kaffee verdient«, schlug Heinrich vor.

»Joo. Und nen Korn.«

Der Kaffee röchelte durch die Maschine und zeigte damit an, dass er bald fertig sein würde. Heinrich und Georg saßen derweil im Wohnzimmer und genehmigten sich einen Korn zum Aufwärmen.

»Prost Schorsch!«

»Joo, Prost.«

»Wie ist das eigentlich passiert mit dem Krämer?«, wollte Heinrich wissen, während er den Kaffee aus der Küche holte.

»Ganz einfach.«

»Erzähl mal.«

»Ich war einkaufen.«

»Mit dem Auto? In Krämers Laden?«, erkundigte sich Heinrich.

»Joo.«

»Und dann?«

»Es war dunkel.« Georg stand auf.

»Aha.«

»Joo, bestimmt!«, bekräftigte Georg, während seine Hände ein imaginäres Lenkrad umklammerten.

»Ich glaub's ja. Erzähl weiter.«

»Fahr vom Parkplatz.« Georg machte einige Schritte vorwärts und blieb plötzlich stehen.

»Und?«

»Rückwärts«, korrigierte er sich, drehte den Kopf nach hinten und bewegte sich in die andere Richtung.

»Mach schon«, forderte Heinrich, der langsam ungeduldig wurde.

»Joo, wie soll ich's sagen?«

»In möglichst einfachen Worten.«

»Joo. Also ... ich bin rückwärts raus«, erläuterte Georg abermals.

Heinrich nickte aufmunternd mit dem Kopf: »Und dann?«

»Unterbrich mich nich dauernd! Jetzt bin ich total verwirrt.«

»Entschuldige.«

»Nun nochmal. Ich rückwärts raus. Der Wagen macht nen Hopser«, dabei sprang er in die Höhe. »So richtig hoch und wieder runter«, er hüpfte abermals.

»Einen Hopser? Wieso? War was kaputt gegangen?«

»Nich am Auto«, Georg schüttelte heftig seinen Kopf und setzte sich wieder hin. »Nur der Krämer.«

»Ach so. Dann geht's ja noch.«

»Joo.«

»War jedenfalls eine klasse Idee den Krämer in den Schnee zu packen.«

»Joo. Wie der Traktor vom Stallmann.«

»Der Schneemann kann jetzt mit dem Schneetraktor fahren.«

Zufrieden lehnten sich beide in ihren Sesseln zurück.

Der Frühling kam. Und mit ihm das Tauwetter. Es tropfte von den Dächern. Der Steinebach trat über die Ufer. Die Landschaft in der Nähe des Flüsschens verwandelte sich in eine graubraune Schlammwüste.

Interessanter war für die Dorfbewohner jedoch das plötzliche Wiedererscheinen ihres seit Wochen vermissten Mitbewohners und Inhabers des Tante-Emma-Ladens. Hans-Peter Krämer tauchte langsam und überraschend aus dem Inneren eines Schneemannes auf Stallmanns Acker auf. Da er nicht mehr besonders lebendig wirkte, kam der Vorsitzende des Dorfvereins zu dem Ergebnis, dass man die Polizei informieren müsse.

Während die Kriminalpolizei ermittelte, war das halbe Dorf auf dem Feld anwesend, um sie bei ihrer Arbeit nach Kräften zu unterstützen. Der Gerichtsmediziner stellte fest, dass Krämer überfahren wurde. Das blieb allerdings das einzig brauchbare Resultat und die Beamten zogen unverrichteter Dinge ab.

Der Sommer schlich mit einer Hitzewelle über das Land und verabschiedete sich mit einigen kräftigen Gewittern, bis ihn der Herbst ablöste.

Dieses Mal türmte Stallmann auf seinem abgeernteten Feld aus Rundballen einen Mann und eine Frau auf. Otto und seine Mathilde standen wohl dafür Modell. Ein phantasiebegabter Designer fertigte maßgenaue Kleidung aus nicht verrottbarer Kunststofffolie. Ihr holdes Konterfei wurde von einem roten Kopftuch umrandet, ein grüner Rock umgab die vollen Hüften und eine weiße Bluse geizte nicht mit deftiger Oberweite. Ihm bastelte er einen Zylinder aus einer schwarzgestrichenen Tonne. Eine grüne Hose und ein rotes Hemd betonten sein stattliches Äußeres. Die Beiden hielten das Schild mit den glücklichen Schweinen zwischen sich.

Der Winter zeigte zu Beginn sein grimmigstes Gesicht. Zunächst regnete es in Strömen. Dann setzte Frost mit zweistelligen Minuszahlen ein, überzog das Tal mit einem Eispanzer. Als es ein paar Grad wärmer wurde, fiel der erste Schnee.

Georg läutete an der Eingangstür zu Heinrichs Reich sturm.

»Was ist denn los?«

»Komm mit«, forderte ihn Georg auf und drehte sich auf dem Absatz um.

»Moment! Ich zieh mir noch schnell was über«, sagte Heinrich und schnappte sich seine Jacke. »Ist was passiert?«

»Joo.«

»Schorsch warte doch mal!«, rief Heinrich im Rennen.

»Is nich weit.«

»Was ist nicht weit?«

»Das Auto.«

»Welches Auto?«, japste Heinrich.

»Das im Graben.«

»Welchem Graben?«

»Der breite, neben der Straße.«

Schon erreichten sie die Landstraße und den besagten Graben, in dem sich tatsächlich ein Fahrzeug befand. Es handelte sich um eine Nobelmarke und es saß sogar noch jemand drin. Eigentlich lag er im Innern, mit dem Kopf auf dem wieder zusammengefallenen Airbag des Gefährtes.

»Wie kommt der dahin?«, fragte Heinrich.

»Reingerutscht«, kommentierte Georg die Lage sachlich knapp.

»Das seh ich. Wieso?«

»Ist ausgewichen.«

»Wem?«

»Mir.«

»Dir? Wo warst du denn?«

»Da«, Georg deutete auf die verschneite Fahrbahn.

»Was hast du denn da gemacht?«

»Gewunken«, erklärte Georg und wedelte zur Verdeutlichung mit seinen behandschuhten Händen durch die Luft.

»Wie? Gewunken? Warum und wem?«

»Dem«, antwortete Georg und zeigte zur Bekräftigung auf den Fahrer im Wagen. »Wollte nur nett sein.«

»Aha«, nachdenklich strich sich Heinrich über das Kinn. »Kennst du ihn?«

»Nö.«

»Ist nicht von hier?«

»Nö.«

Heinrich überlegte kurz. »Komm, wir bauen einen Schneemann.«

»Joo«, freudig klatschte Georg in die Hände.

Sie zogen den mittlerweile Verstorbenen aus dem Wageninneren. Georg nahm die Füße und Heinrich packte den Toten unter den Armen. Sie schleppten ihn zu Stallmanns Acker mit den Skulpturen.

»Leg ab«, forderte Heinrich seinen Kumpel auf. Gedankenversunken umrundete er die Strohfiguren.

»Ist was?«, fragte Georg.

»Still! Ich denke nach.«

»Ach so.«

»Ich hab's«, rief Heinrich plötzlich.

»Was?«

»Wir bauen keinen Schneemann, sondern ein Schneekind für die zwei da.«

»Joo«, meinte Georg nur und begann mit dem Bau.

»Und weißt du was noch?«

»Nö.«

»Erinnerst du dich an die Katze von Beckers?«

»Die in deiner Tiefkühltruhe?«

»Genau die.«

»Die hab ich aber nich plattgefahrn.«

»Ne. Das war ich. Aus der können wir einen prima Schneehund bauen. Ich lauf und hol sie.«

Kaum fertig gesprochen, rannte Heinrich auch schon los. Nach einiger Zeit kam er atemlos, zufrieden grinsend, zurück; mit der Katze, die er wie eine Trophäe am Schwanz hochhaltend, seinem Freund zeigte.

»Fettes Vieh!«, staunte Georg.

»Bestens geeignet, um ein Schneehund zu werden.«

Nach zweistündiger, eifriger Arbeit begutachteten sie abschließend ihr Werk. Glücklich trotteten sie heimwärts. Erneut setzte Schneefall ein und begrub sämtliche Spuren unter einem weißen Laken.

Eiersingen

Am Freitag vor Pfingsten zogen die Junggesellen aus Steinebach rund, um Eier zu sammeln. Der Brauch des Eiersingens wurde seit Generationen gepflegt. Sie beehrten jährlich abwechselnd die Nachbargemeinden Oberaubach und Brückenau. Aufgrund der in vergangenen Jahrhunderten nicht vorhandenen Automobile, oder ähnlichen motorisierten Geräten zur Überwindung größerer Entfernungen, gestaltete sich der Austausch mit neuem genetischem Material problematisch.

Die jungen Männer, zeitweise tatkräftig unterstützt von den älteren, eventuell verheirateten Herren des Ortes, wanderten von Haus zu Haus. Vor jedem sangen sie ein Lied. Das wiederum honorierten die ledigen Mädchen und Frauen, ebenso die vermählten Damen, mit Eiern, Speck und einem Schnaps, der nicht selten selbstgebrannt war. Oft gab es zusätzlich Bier. Neulinge, die das erste Mal mitgingen, erhielten meistens eine Extraportion der edlen Brände. Natürlich nur, um die Erfolgschancen, sowohl bei den Evastöchtern wie bei den Auswirkungen des Alkohols, zu erhöhen. Einige spendeten Bargeld. Bei dieser Gelegenheit konnten sich die Nichtliierten nach einer Ehekandidatin umsehen oder sich, was ab und an vorkam, sogar abschrecken lassen. Am darauffolgenden Sonntag versammelte man sich, um gemeinsam das Ersungene zu verzehren und die manch einem verloren gegangenen Erinnerungen wieder herzustellen. Von dem Geld besorgte man die dazugehörigen Getränke.

Einundzwanzig Mannsbilder aller Altersstufen, tatsächlich allesamt Junggesellen, trafen kurz vor sechs Uhr abends auf dem Dorfplatz ein. Jener lag in einer langgezogenen Kurve der Landstraße, begrenzt von der *Schmalgasse* auf der einen und *Im Erlengrund* auf der anderen Seite.

Pfingsten lag dieses Jahr im Wonnemonat Mai. Es herrschte eine angenehme Temperatur. Über den Himmel von Steinebach huschten einige Schäfchenwolken. Das war ausgezeichnet, denn der Weg sollte quer durch den Ort und anschließend nach Oberaubach führen.

Wilhelm Stallmann, hauptberuflich Sohn auf dem Aussiedlerhof seiner Eltern, brachte einen Bollerwagen mit. Schnaufend trudelte der Zweiundzwanzigjährige auf dem Platz ein.

»Hallo Willi! Du hast ja sogar Gerstensaft mit! Gib mir ma gleich ne Flasche rüber«, forderte Manfred Neumann ihn auf.

»Immer mit der Ruhe! Das is unsere Wegezehrung. Die kannste nich jetzt schon aussaufen«, verteidigte Willi sein Bier.

»Is ja gut!« Manfred schlug Willi auf die Schulter. »Sind denn endlich alle da, damit wir los können?«

»Der alte Jakob fehlt noch«, informierte ihn Heinrich Quast. »Aber den treffen wir bestimmt auf dem Weg zu Beckers.«

Die Schar setzte sich in Bewegung. Langsam begaben sie sich Richtung Ortsausgang; da kam ihnen bereits Jakob Mirksen entgegen. Der achtundsiebzigjährige Junggeselle galt als etwas schrullig unter den Dorfbewohnern, was ihm allerdings egal war. Er zitierte gerne Verse aus der Bibel. Dabei lamentierte er aus voller Kehle, wohl in der Hoffnung, dass ihm jemand ernsthaft zuhörte. Am Ende seiner Predigt, um die ihn jeder Pfarrer, ob der großen Anzahl von Zuhörern, beneidet hätte, war er außer Atem und puterrot im Gesicht. Gut gelaunt schloss er sich dem Tross an.

Das Haus der Beckers war das letzte an der Straße, die nach Brückenau führte. Vom Dorfplatz aus liefen sie zehn Minuten. Sie betraten den Innenhof und klopften an. Die Tür ging auf. Elvira Becker, durchgängig in Grau gekleidet mit einer buntgeblümten Schürze und Lockenwicklern im Haar, sah sie mürrisch an.

Die Männer ließen sich nicht abschrecken und begannen ihr Lied zu trällern:

»Komme mer en de Hoff, ri, ra Röschen, schlöf de Frau, dann weck mer se of.

Rosen, dat sin Blömelein, Blömelein, alles muss verzehrt sein.

Jev uns doch e Pingsei, ri, ra Röschen, dat schlare mer in de Pann entzwei.

Rosen, dat sin Blömelein, Blömelein, alles muss verzehrt sein.

Klimm ens op de Heustall, ri, ra Röschen, do lien de Eier överall.

Rosen, dat sin Blömelein, Blömelein, alles muss verzehrt sein.

Jeff uns noch en Röckstöck, ri, ra Röschen, dat mät de Junge janz verröck.

Rosen, dat sin Blömelein, Blömelein, alles muss verzehret sein.

Dat Hus, dat steht op Stippe, ri, ra Röschen, do darf mər nit dran tippe.

Rosen, dat sin Blömelein, Blömelein, alles muss verzehret sein.

Lott uns net so lang he stonn, ri, ra Röschen, mer müsse noch en de Fröhmess jon.

Rosen, dat sin Blömelein, Blömelein, alles muss verzehret sein.«

»Karl! Bring mal den Korn!«, rief Elvira ins Haus hinein. Sie drehte sich um, nahm von einem kleinen Tisch im Flur ein Paket Eier und ein Stück Speck. Sie kramte fünf Euro aus der Schürzentasche und überreichte ihre Gaben den Wartenden.

Alle prosteten sich mit dem, inzwischen von Becker verteilten, Schnaps zu und kippten ihn in einem Zug runter. Danach stimmten sie den zweiten Teil ihres Liedes an:

»Mer dun uns och bedanke, ri, ra Röschen, dat Jeld dat dun mer vertanke.

Rosen, dat sin Blömelein, Blömelein, alles muss verzehret sein.

Dat Elvira hätt en Paar wieße Behn, ri, ra Röschen, die jlänzen wie Karfunkelsteen.

Rosen, dat sin Blömelein, Blömelein, alles muss verzehret sein.

Der Karl es en ne jode Mann, ri, ra Röschen, der jitt de Jonge watt he kann.

Rosen, dat sin Blömelein, Blömelein, alles muss verzehret sein.«

Die Gruppe verließ den Hof und begab sich zum nächsten Haus. Mit den abwechselnden Gesangseinlagen, dem Trinken sämtlicher gängigen Bründe, Liköre und Biere, zogen die Männer durch den Ort.

Der sechzehnjährige Michael Dürres, der das erste Mal mit zog, wusste nicht mehr, wo er sich befand. Seine Beine wollten in jeweils unterschiedliche Richtungen davoneilen. Er brachte nur noch ein Lallen zuwege, wenn er den Mund auftat, um zu singen. Zwei gleichaltrige Kumpel, Kevin Mahler und Horst Großmann, stützten ihn vor dem letzten Gebäude, direkt gegenüber dem Wirtshaus, ab.

Heinrich Quast hob die Hand, um zu klingeln. Bevor er den Klingelknopf erreichte, ging bereits die Tür auf. Helene Krabbich stand erwartungsvoll im Rahmen. Ihre Erscheinung war imposant zu nennen. Sie füllte beinahe die gesamte Öffnung aus. Hinter ihr wartete ihre Schwester Hannelore. Sie war mit ihren siebzehn Lenzen zehn Jahre jünger als Helene, besaß allerdings ein ähnliches Körpervolumen. Nun quollen beide hinaus auf den Gehweg.

Die Männer stellten sich im Halbkreis um sie herum auf und sangen ihr Liedchen. Anschließend waberte Helene zurück ins Gebäude, um ihre Gaben zu holen. Währenddessen starrte Hannelore sämtliche Interpreten mit einem breiten Grinsen an. Dabei zeigte sie eine silbern blitzende Zahnspange. Ihr Blick blieb an Michael hängen.

»Wat hat denn der?«, erkundigte sie sich.

»Ein Bier zu viel«, antwortete Heinrich.

»Ach so. Zum ersten Mal mit?«

»Ja.«

»Soll ich mich weiter um ihn kümmern?«, flötete Hannelore.

»Wenn du willst, Hanni«, erwiderte Kevin.

»Jo, dann man rein mit dem Süßen«, forderte sie die Jungen auf.

»Wartet! Ich nehm euch den Knaben ab«, entgegnete Helene, die mit einem Tablett gut gefüllter Schnapsgläser aus dem Haus kam. Mit einem Schluck rann der Korn die Kehlen hinab. Sie übergab Speck, Eier und etwas Geld.

Die Ladys quetschten sich durch die Tür, Michael zwischen sich. Der Eingang schloss sich.

»Na ja, weh tun kann sich der Micha nich«, meinte Kevin.

»Wieso?«, stutzte Heinrich.

»Sind beide so schön weich«, gab Kevin zurück.

»Ich hab laufend jewartet, dat et plopp macht«, grummelte Horst.

»Wat macht plopp?«, wollte Kevin wissen.

»Dat Helene und dat Hanni! Immer wenn die rein- oder rauskommen! Durch die Tür mein ich«, antwortete der Gefragte.

»Ist doch egal. Die kümmern sich jetzt um den Micha. Und das finde ich prima«, konterte Heinrich.

»Jo, un wie die sich um ihn kümmern. Dat arme Schwein. Hast du den Ausdruck in Hannis Augen jesehen?«, sorgte sich Horst um seinen Kumpel.

»Ach, red keinen Quatsch. Die mag ihn. Dat is alles.«

»Eben. Die mag ihn nicht nur. Die is in ihn verknallt!«

»Um so besser! Er wird's schon überleben«, versuchte Kevin, ihn aufzumuntern.

»Die wird ihn doch zerquetschen«, jammerte Horst.

»Wär nich der scheußlichste Tod«, grinste sein Kumpan.

»Kommt weiter«, drängte Heinrich seine Mitstreiter. »Jetzt geht's erst mal zum Gasthof.«

Vor dem Überqueren der Brücke hielten sie bei der Gaststätte *Zum Goldenen Hirschen* an. Irmgard Trebster, Tochter der Wirtsleute, versorgte in diesem Jahr die Gesellschaft mit einem Erbseneintopf. Die Verköstigung der Herren übernahm jedes Mal ein anderer.

»Hallo Irmi«, lallte Willi.

»Tag Willi«, begrüßte sie ihn lächelnd. »Auch einen Teller Suppe?«

»Ja, bitte.« Er nahm seinen Eintopf entgegen und schwankte zu einem der Tische im Biergarten. Verstohlen beobachtete er die rothaarige junge Frau. Sie war das hübscheste Mädchen, das der Ort zu bieten hatte. Er verliebte sich vor zwei Jahren in sie, als er beim Maibaumaufstellen mit ihr im Schlamm gelandet war. Er traute sich jedoch nicht, es ihr zu sagen, obwohl es jeder im Ort wusste. Manchmal zogen ihn seine Kumpels damit auf.

»Magst du noch etwas?«

»Was? Äh, nein«, äußerte Willi verlegen.

»Was anderes?« Irmgard grinste ihn frech an, setzte sich zu ihm an den Tisch, direkt neben ihn.

»Was meinst du?«

Anstatt ihm zu antworten, gab sie ihm einen dicken Kuss auf die Wange, stand auf und ging fort. Zurück blieb ein verdutzter Willi, der nicht recht wusste, was das bedeuten sollte.

»Lass die Finger von der Irmi!«, zischte Manfred Neumann ihm über den Tisch hinweg zu.

»He, was soll das?«

»Nur ne kleine Warnung. Dat Irmi gehört mir, Fettsack!«

»Der Willi ist kein Fettsack. Lass ihn in Ruhe«, kam Irmgard dem völlig verdatterten Wilhelm zu Hilfe. »Und merk dir noch was! Ich gehöre niemandem!«

»Dat werden mer ja noch sehen!«, schimpfte Manfred und trollte sich.

»Nimm's dir nicht zu Herzen. Der Manni ist schon ziemlich dicht. Der verträgt null Schnaps. Morgen weiß der nicht mehr, was er so alles von sich gegeben hat.«

Urplötzlich sprang der alte Mirksen auf, breitete die Arme aus und rezitierte mit lauter Stimme eine Bibelpassage: »Und als der Pfingsttag gekommen war, waren sie alle an einem Ort beieinander. Und es geschah plötzlich ein Brausen vom Himmel wie von einem gewaltigen Wind und erfüllte das ganze Haus, in dem sie saßen. Und es erschienen ihnen Zungen, zerteilt wie von Feuer. Und es setzte sich auf einen jeden von ihnen. Und sie wurden alle erfüllt von dem Heiligen Geist und fingen an, zu predigen in andern Sprachen, wie der Geist ihnen gab auszusprechen.«

»Hört, hört! Der olle Jakob jibt wieder wat zum Besten!«, spöttelte Manfred. »Sonntag brauchen mer nich mehr in die Kirche.«

»Lass ihn doch! Es wird schon niemandem schaden. Lasst uns weitergehen. Es ist gleich sieben Uhr und wir haben noch einen weiten Weg vor uns«, forderte Heinrich Quast seine Mitstreiter auf.

Gestärkt und erholt rafften sich die Männer auf. Sie überquerten den Bach. Es ging an der Kapelle vorbei, dann links in den *Kapellenweg*. Hier standen drei Häuser. Sie marschierten zum letzten in der schmalen Straße. Dort wohnte Anna Jobst, eine Witwe, mit ihrer Tochter Gisela. Sie mieden jegliche Art von Feierlichkeit im Dorf und hielten sich fern von dessen Bewohnern. Das brachte die Herren des Ortes nicht davon ab, auch an die Tür der beiden Damen zu klopfen, um ihr Liedchen anzustimmen. Sie trällerten den ersten Teil des Stückes.

Im Anschluss daran warteten sie auf ihre Belohnung. Die kam jedoch in der Form, dass die Witwe ihnen die Tür vor der Nase zuschlug.

Sie stimmten den zweiten Abschnitt ihrer Gesangseinlage an. Als sie zur vorletzten Strophe kamen, an der es eigentlich hieß, dat Anna, beziehungsweise Gisela, hätt en Paar wieße Behn, ri, ra Röschen, die jlänzen wie Karfunkelsteen, sangen sie:

»Dat Anna hätt en Paar schwatze Behn, ri, ra Röschen, die jlänzen wie Klüttesteen.«

Den Schluss ließen sie ganz weg. Dafür schlug Jakob eine weitere Predigt an: »... das ist's, was durch den Propheten Joel gesagt worden ist: Und es soll geschehen in den letzten Tagen, spricht Gott, da will ich ausgießen von meinem Geist auf alles Fleisch. Und eure Söhne und eure Töchter sollen weissagen. Und eure Jünglinge sollen Gesichte sehen, und eure Alten sollen Träume haben. Und auf meine Knechte und auf meine Mägde will ich in jenen Tagen von meinem Geist ausgießen, und sie sollen weissagen ... Und es soll geschehen: wer den Namen des Herrn anrufen wird, der soll gerettet werden.«

Im oberen Geschoss des Gebäudes öffnete sich ein kleines Fenster. Es erschallte ein aufmunterndes »Verpisst euch endlich!« Dann schloss sich die Luke mit einem lauten Knall.

»Amen«, kommentierte Manfred das Mahnwort.

Der Tross setzte sich erneut in Bewegung. An den letzten Häusern, die zum Ortskern gerechnet wurden, belohnte man ihre Darbietung wie gehabt mit Schnaps, Bier und Speck. Die Bewohner konnten immer weniger vom Text des Liedes verstehen; die Sänger bekamen leichte Artikulierungsprobleme durch den reichlichen Alkoholkonsum. Auch der Geradeausgang war nicht mehr jedermanns Sache, doch unterstützten sich die Männer gegenseitig.

Es folgte ein Fußmarsch von zwanzig Minuten. An den folgenden beiden Höfen ging man vorbei, da sie Georg Waldner und Heinrich Quast gehörten, zwei Junggesellen, die beim Eiersingen mit unterwegs waren. Nach gut hundert Metern führte nach links ein asphaltierter Feldweg, zwischen Weizen- und Maisfeldern hindurch, zum Aussiedlerhof der Familie Stallmann. Auf diesem trottete die Gesellschaft, fröhlich plaudernd und das Bier vom Bollerwagen genießend, noch eine gute halbe Stunde lang.

Endlich angelangt gaben die Männer erneut ihr Bestes und die Stallmanns honorierten die Darbietung fürstlich.

Der Rückweg gestaltete sich nun etwas schwieriger. Manfred Neumann und Klaus Fredens klammerten sich aneinander und versuchten sich auf dem Weg zu halten. Die Junggesellen erreichten die Hauptstraße und wandten sich in Richtung Oberaubach. Die Straße führte einen Hügel hinauf. Schnaufend zog die Karawane weiter.

Jakob Mirksen drängte sich an seinen Mitstreitern vorbei, stellte sich vor die Gruppe und hub zu einer neuen Litanei an: »Als sie aber das hörten, ging's ihnen durchs Herz, und sie sprachen zu Petrus und den andern Aposteln: Ihr Männer, liebe Brüder, was sollen wir tun? Petrus sprach zu ihnen: Tut Buße, und jeder von euch lasse sich taufen auf den Namen Jesu Christi zur Vergebung eurer Sünden. So werdet ihr empfangen die Gabe des Heiligen Geistes. Denn euch und euren Kindern gilt diese Verheißung, und allen, die fern sind, so viele der Herr, unser Gott, herzurufen wird. ... Die nun sein Wort annahmen, ließen sich taufen; und an diesem Tage wurden hinzugefügt etwa dreitausend Menschen.«

Dann drehte er sich um, schwankte einen Moment und fiel einfach nach hinten um. Er rollte in den Graben neben der Landstraße und blieb dort reglos liegen. Manfred und Klaus stellten sich an den Rand der Vertiefung und starrten mit dem Rest der Mannschaft, der nun aufgerückt war, hinein.

»Du, Klaus, sssach mal, woher kkkennt der olle Jakob die janzen Schprüche eijentlich?«, erkundigte sich Manfred.

»Weiß isch auch nischt«, antwortete sein Kumpel.

»Was machst du da unten, Jakob«, wandte sich Manfred an den Alten, erhielt jedoch nicht die Spur einer Antwort.

»Vielleicht sollten wir mal nachsehen«, meinte Heinrich Quast.

»Wer sssolln da runterkrrrabbeln?«, wollte Manfred wissen.

»Du!«, damit versetzte Heinrich ihm einen Stoß und Manfred purzelte in die Rinne.

Er kam direkt neben Jakob zu liegen, setzte sich auf und schubste ihn an: »Du! Jakob! Kann isch dir irjendwie helfen?«

Von dem Alten erfolgte kein Laut.

»He, Hein! Der Olle schprischt nisch mit mir«, klagte Manfred.

»Lebt er denn noch?«, informierte sich Heinrich.

»Sssieht nisch ssso gut aussss. Schscheint tot sssu sssein«, zischelte der Befragte. »Wasss sssoll isch denn nu machen?«

»Komm mal erst aus dem Graben rauf. Vielleicht schaffst du es ja, Jakob mitzubringen«, forderte Heinrich ihn auf.

»Der isss aber sssauschschwer«, stöhnte Manfred. »Un ssso schschlabberisch.«

Er schaffte es jedoch, den Verstorbenen mitzuschleppen und schnaufte den Hang hinauf.

»Was nun?«, wandte sich Heinrich an die anderen. »Nur Maulaffen feilhalten hilft ihm auch nicht mehr.«

»Jakob hatte sich so aufs Eiersingen gefreut«, meldete sich Willi zu Wort.

144

»Ja, das stimmt«, stellte Heinrich fest.

»Wir könnten ihn doch auf den Bollerwagen setzen«, schlug Willi vor.

»Prima Idee! Komm pack mal mit an.«

Sie hoben den aus dem Leben Dahingeschiedenen auf den Karren, brachten ihn in eine sitzende Position. Dann banden sie ihn mit seinem Gürtel an den Rand des Gefährtes, damit er nicht runterrutschte.

»Sssicherheitsjurt hasse nu auch an. Ssitzt du bequem, Jakob?«, erkundigte sich Manfred.

»Der schprischt nisch mehr mit dir, Manni«, motzte Klaus.

»Klausss, du bissst en Blödmann. Der isss tot!«

»Ach ssso! Sssollen wir ihn ziehen?«

»Au ja! Komm Jakob. Auf geht's!«

»Weiter getippelt nach Oberaubach!«

»Aber wasss werden die zu Jakob sssagen?«, wollte Manfred wissen.

»Das hat die überhaupt nicht zu interessieren«, antwortete Heinrich. »Jakob kommt mit und damit basta!«

So zogen sie den alten Mann im Wagen mit, schleppten sich und ihn den Hügel hinauf, besuchten jede Familie in Oberaubach und sangen ihr Liedchen. Niemand stellte eine Frage oder schien gar zu bemerken, dass irgendetwas mit Jakob Mirksen nicht stimmte.

Schwankend und müde erreichten sie kurz vor Mitternacht Steinebach. Jakob war mittlerweile, trotz Festbinden, nach unten gerutscht. Eier und Speck stapelten sich um und über ihn. Die Gruppe gelangte zum Haus des Dahingeschiedenen.

»Ssso Jakob. Nun mussst du aussschteijen«, forderte Manfred den Verstorbenen auf.

»Der will nich aussteigen«, lallte Willi.

»Ihr Einfaltspinsel«, mischte sich Heinrich ein. »Der is doch tot. Der schläft jetzt den Schlaf der Gerechten. Wir sollten ihn in sein Bett packen.«

»Und morschen früh?«, überlegte Manfred schwerfällig.

»Dann kann sich der Doktor Mickenberg aus Brückenau um ihn kümmern«, brabbelte Willi fröhlich.

»Und obendrein haben wir endlich wieder eine Messe in unserer Kapelle. Das wird den Jakob freuen«, beendete Heinrich das Gespräch.

Damit zufrieden zogen die Junggesellen, mit der Aussicht auf einen gemeinsamen Kirchenbesuch mit anschließender geselliger Nachfeier im *Goldenen Hirschen*, schwankend heimwärts.

Der Misthaufen

Es war Mitte August. Der Sommer lag brütend heiß über dem Land. Der Steinebach mäandrierte wie eh und je durch das weiträumige Tal. Er führte nur wenig Wasser. Das Getreide auf den Feldern verwandelte die Landschaft in ein gelbes Meer. Die Blätter der Bäume nahmen herbstliche Farben an. Der Boden zwischen den Pflanzen zeigte mit seinen tiefen Rissen an, dass es seit Wochen nicht geregnet hatte.

Die Luft flirrte in der Mittagshitze auf dem Asphalt der Landstraße. Im Ort selbst rührte sich nichts. Er lag da wie ausgestorben. Die Bewohner blieben in ihren Behausungen und hofften auf ein baldiges Ende der Hitzeperiode. In Radio und Fernsehen sprach man nur von dem phantastischen Sommerwetter, das alle erfreute. Hier in der Gemeinde fand sich niemand, der diese Meinung teilte.

Karl Becker wohnte im letzten Haus von Steinebach oder im ersten, kam darauf an, aus welcher Richtung man sich dem Dorf näherte. Der Aussiedlerhof seines Vetters lag entgegengesetzt. Wie in dieser Gegend üblich, besaß sein Heim einen kleinen Anbau, den man über einen Hof erreichte.

In diesem Stall hockten zehn Hühner und ein Hahn auf ihren Stangen. Ein leises Gackern ertönte von Zeit zu Zeit. An der Rückwand befanden sich selbstgezimmerte Kaninchenkäfige. Zwei fette, graue Deutsche Riesen lagen im hinteren Winkel und dösten. Mittels Rampen konnten die Sumoringer der Kaninchenwelt hinein oder heraus. Ein Auslauf sorgte dafür, dass alle Tiere auf ein eingezäuntes Stückchen Wiese auf der Hinterseite des Baues gelangten.

Ein Trampelpfad an der Seite des Stalles führte in den dazugehörigen Garten. Darin wartete vertrockneter Weißkohl neben verdorrten Johannisbeersträuchern und verschrumpeltem Salat auf Regen beziehungsweise dem erfrischenden Nass aus einer Gießkanne.

Karl Becker stand in der rückseitigen Ecke seines Hofes. Hier befand sich eine Mulde. Er legte beide Hände auf seine Mistgabel und stützte sein Kinn darauf. Er hatte bereits die Hälfte seines Misthaufens in der Vertiefung aufgetürmt, als sein Freund Heinrich Quast angeschlendert kam, seine Pranken tief in den Hosentaschen vergraben.

»Hallo, Karl!«

»Tach, Hein! Was gibt's?« Er hob den Kopf und sah sein Gegenüber prüfend an.

»Heiß heute.«

»Stimmt. Magst ein Bier?«

»Wenn du so fragst, sag ich nicht nein.«

»Wie müsste ich denn fragen, damit du nein sagst?«

»Weiß nicht. Solltest gar nicht fragen«, grinste Heinrich ihn an.

»Dann komm. Drin ist's kühler.« Er ließ die Mistgabel fallen.

Die beiden schlichen ins Haus. Drinnen herrschte eine angenehme Temperatur. Mit einer kalten Flasche Gerstensaft in der Hand sank jeder in einen Sessel.

»Haben wir die Erlaubnis, hier zu sitzen?«, fragte Heinrich.

»Klar dürfen wir das!« Ein Grinsen machte sich in Karls Gesicht breit und zeigte eine Lücke in der oberen Zahnreihe.

»War das deine Elvira?«, erkundigte sich sein Gegenüber.

»Ne, das war der Doktor Gubbler. Du weißt schon, der neue Zahnarzt aus Oberaubach.«

»Warum hat der den Zahn gezogen?«

»Hat furchtbar wehgetan. Wie der Dok gesagt hat, war der entzündet. War nix mehr dran zu retten.«

»Sieht aber lustig aus.«

»Meinst du? Vielleicht sollte ich die Lücke lassen.«

»Wieso nicht? Siehst jetzt ein bisschen wie 'n Pirat aus.«

»Ob Frauen das mögen?«

»Frag doch Elvira!«

»Ne, nie mehr!«

»Warum nicht? Ist bekanntlich deine holde Ehegattin!« Spott schwang in Heinrichs Stimme mit.

Karl stellte seine Flasche auf dem Tisch ab und stand auf.

»Hab ich was Falsches gesagt?«, fragte sein Freund.

»Ne. Komm mal mit in den Hof. Ich muss dir was zeigen.«

Heinrich trank den Rest seines Bieres aus und bugsierte seine Pulle zu der anderen. Er erhob sich und trottete hinter seinem Kumpel her. Vor der Mulde mit dem

Dung blieb Karl stehen. Sie starrten eine Weile den Haufen an.

»Schöner Mist«, sagte Heinrich. Eine steile Falte entstand auf seiner Stirn.

»Kann man so sagen«, lautete die Antwort.

»Warum machst du hier einen neuen?«

»Wollte ich schon immer«, antwortete Karl und schlug nach einer Fliege, die ihm um das Gesicht flog.

»Aber?«

»Nix aber.«

»Komm! Du willst mir doch nicht allen Ernstes erzählen, dass du aus Langeweile den Mist von da hinten nach hier umschaufelst?«

»Ne, aus lauter Spaß an der Freude nicht.« Wieder folgte ein Schweigen.

»Warum dann?«

»Du hast die Kuhle schon mal gesehen?«

»Ja, kann man so ausdrücken.«

»Du erinnerst dich?«

»Klar doch. So was vergisst man niemals! Mir tun heute noch alle Knochen weh, wenn ich daran denke.«

Karl kicherte nur und vertrieb eine weitere Fliege, die um seine Nase herumsummte.

»Dabei hatten wir nur ein oder zwei Bierchen getrunken.« Heinrich schüttelte gedankenverloren seinen Kopf.

»Laut Elvira waren wir damals sturzbetrunken«, sinnierte Karl.

»Ja, sie versteht leider keinen Spaß.«

»Jedenfalls nicht, was wir Männer darunter verstehen.«

»Denkst du noch manchmal an das Maibaumaufstellen?«

»Klar! Wie der Manni im Matsch ausgerutscht ist ...«, lachte Karl los und Heinrich fiel in das Gelächter ein.

»... und gegen den dicken Willi knallte, der ... der dann ...«, bemühte sich Heinrich kichernd, den Satz zu vervollständigen, was ihm allerdings misslang.

»... der dann auf die Irmgard platschte und mit ihr in der Pfütze landete.« Karl wischte sich die Tränen von den Wangen.

»Und als die Zwei probierten, ... Ich kann nicht mehr«, ein weiterer Lachanfall verhinderte die Erzählung.

»Oh Gott, oh Gott!« Karl atmete tief durch. »Als die sich aneinander klammerten und jeder versuchte, sich am anderen aufzurichten.«

»Was total schief ging und beide erneut ausrutschten. Und wie die Irmgard auf dem dicken Willi hing und um Hilfe schrie. Das werde ich niemals vergessen.«

»Ich auch nicht«, schniefte Karl.

»Sie ließen sich aber nicht lumpen. Anschließend für alle einen Kasten Bier zu besorgen, war schon nobel.«

»Klar. Eine Kiste für jeden ist nicht verachtenswert.«

»Ja. Und dann waren wir so schön fröhlich. Was haben wir noch beim Einmarsch bei dir zuhause gesungen?«

»Du meinst das Stück von der Knef?«, fragte Karl.

»Genau das!«

Das Klagelied der Elvira O.«

»Und das Gesicht von deiner Frau, wenn sie den Refrain hörte«, prustete Heinrich erneut los.

»*Ach, wo sind die goldnen Jahr', als ich noch verderblich war?*«, sang Karl mit seinem Bariton laut los und sein Freund fiel mit ein. Sie trällerten das komplette Stück im Duett.

»Ja, ich glaub, deiner Gattin hat das Lied damals nicht wirklich gefallen«, meinte Heinrich und blickte ernst sein Visavis an.

»Würde ich so sehen. Besonders als sie mit dem Reisigbesen hinter uns her ist und dauernd gebrüllt hat: Ihr besoffenen Schweine! Euch werde ich Manieren beibringen!«

»Ja. Und als ich dem Ding ausweichen wollte und in der Ecke mit der Kuhle gestürzt bin ...« Heinrich schüttelte sich. Ein eiskalter Schauer lief ihm über den Rücken.

»Da hat sie dich dann erwischt!«

»Ja. Ich erinnere mich, als wär's gestern gewesen. Immer wieder kam dieser verdammte Besen auf mich runter. Die blöde Kuh hat tatsächlich richtig fest zugeschlagen. Ich hab mich eine ganze Woche lang nicht bewegen können. Nicht einmal liegen konnte ich mehr.«

»Ja, ja. So war sie eben!«

Heinrich sah überrascht in Karls lächelndes Gesicht: »Wieso war?«

»Du bist mein Freund, nicht wahr?«

»Klar doch! Schon immer«, beteuerte sein Kumpan.

»Elvira und ich hatten gestern wieder mal Streit.«

»Das ist nix Neues. Sag mal, warum hast du diesen grantigen, zänkischen Besen eigentlich geehelicht?«

»Och, kochen konnte die gut.«

»Und sonst?«

»Hm, saubermachen konnte sie auch.«

»Na, klasse! Und deswegen habt ihr geheiratet?«

»Warum nicht?«

»Na ja, du hast schon recht. Deine Elvira war ja früher mal ganz hübsch.« Heinrich strich sich nachdenklich über das Kinn.

»Das gehört jedoch der Vergangenheit an«, erwiderte Karl.

»Aber, was ist jetzt. Lässt du dich etwa scheiden?«

»So könnte man es nennen.« Karl kratzte sich am Kopf.

»Spann mich nicht auf die Folter«, forderte Heinrich seinen Freund auf.

»Bis dass der Tod uns scheidet. Das hatten wir uns damals in der Kirche geschworen.«

»Ich erinnere mich. War ja dein Trauzeuge.«

»Ja. Und nun hat der uns gestern geschieden.« Karl bekam einen verträumten Blick.

»Du meinst ... die Elvira ist nicht mehr?«

»Genau so isses.«

»Was ist passiert?«

»Ich war gerade beim Ausmisten. Da kam sie in den Stall rein. In der Hand hielt sie ihr größtes Küchenmesser.« Das angezeigte Messer besaß eine Länge, die ungefähr der eines mittelalterlichen Langschwertes entsprach.

»Was wollte sie denn damit?«

»Bruno die Gurgel durchschneiden!«

»Dem dicken Grauen?«

»Genau dem.«

»Warum das?«

»Hab ich sie auch gefragt. Ihre Antwort war, dass er genug gefressen hätte und nun eben dran wär.«

Heinrich schüttelte entsetzt seinen Kopf: »Kann man den denn noch essen? Ich mein, der ist bekanntlich schon ziemlich betagt. Wär der nicht zäh?«

»Klar! Wie ne alte Schuhsohle. Hab ich ebenfalls versucht, der Elvira zu erklären.«

»Aber?«

»Du kennst sie doch! Wenn die sich was vornimmt, gibt es kein zurück. Sie ist mit dem Messer zu Bruno. Da hab ich sie am Arm gepackt.«

»Und dann?«

»Hatte wohl ein Häppchen viel Schwung drauf. Jedenfalls ist sie auf der Hühnerkacke ausgerutscht«, schilderte Karl den Vorgang weiter.

»Auf dem Hühnermist?«

»Ja! Und demzufolge ist sie eben hingefallen.«

»Aber vom Fallen stirbt man doch nicht. Hast du etwa ein wenig nachgeholfen?« Heinrich zwinkerte seinem Kumpel schelmisch zu.

»Ne. Nix ist mit nachhelfen.«

»Mach's nicht so spannend!«

»Die Mistgabel hat sich meiner Elvira angenommen.«

»Wie denn das?« Heinrich zupfte sich am Ohrläppchen. Er blickte etwas dümmlich aus der Wäsche.

»Na ja. Wie ich bereits sagte, sie ist mit Schwung ausgerutscht«, mit den Armen deutete er ihre Flugbahn an. »Und dann der Länge nach hingeknallt. Erst wollt ich sie ja auffangen, damit sie sich nicht weh tut.«

»Aber das hast du in diesem Fall sein gelassen?«

»Ja.«

»Warum?«

»Hast du schon mal eineinhalb Zentner Lebendgewicht auf dich zufliegen gesehen? Und versuch mal, fünfundsiebzig Kilo aufzufangen!«

»Ne.«

»Siehste! Ich kam, sah sie und wich aus.«

»Oha! Das ergab bestimmt einen schönen Platscher.«

»Das auch. Jedenfalls hat sie ne filmreife Bruchlandung gemacht.«

»Aber wieso ist sie tot?«

»Na ja«, Karl kratzte sich abermals am Hinterkopf, »Die Mistgabel hat im Weg gelegen.«

»Die Mistforke?«

»Ja. Die lag auf dem Boden. Ich ließ sie fallen, als ich die Elvira mit dem Messer gesehen hab.«

»Oh je.«

»Meine Holde hatte nu mal so viel Schwung drauf, dass sie sich im Segeln halb rumgedreht hat ...«

»... und in vollem Flug in die Mistforke gerauscht ist«, vollendete Heinrich den Satz.

»Genau!«

»Und wo steckt sie jetzt?«

»Das wollte ich dir ja die ganze Zeit erzählen. Sie ist in der Kuhle.«

»In der Kuhle? Und du schichtest momentan den Misthaufen auf sie?«

»Ja.«

Heinrich zuckte mit den Schultern. »Okay, dann lass sie mal liegen. Ist ja schön weich und warm da drunter.

Hast du ne weitere Forke? Ich helfe dir schnell. So unter Freunden sollte man das einfach tun. Hab eh nichts Besseres vor.«

»Das ist nett von dir. Trinken wir anschließend noch ein Bier zusammen? Ich hätte Lust, mal wieder in den *Goldenen Hirschen* zu gehen. Ich lade dich ein. So zum Abschluss des Tages nach getaner Arbeit.«

»Okay! Dann mal die Ärmel aufgekrempelt und los!«

Halloween

Der Steinebach wand sich durch abgeerntete, gelbe Stoppelfelder, auf denen in Folie verpackte Strohballen verstreut herumlagen, als hätte sich ein Riese an ihnen ausgetobt. Der Wald tauschte sein grünes Gewand gegen rot- und goldglänzende Blätter, die im Wind raschelten. Der Herbst verdrängte den Sommer; die Tage wurden kürzer und dunkler.

Es kam der Tag, an dem die toten Seelen der im letzten Jahr Verstorbenen zurückkehren sollten, der einunddreißigste Oktober. Die Steinebacher ließen keine Feier an sich vorübergehen. So fügten sie auch das keltische Halloween in die Reihe ihrer Feste ein. Es störte sie nicht, dass der Pfarrer von seiner Kanzel herab über diesen heidnischen Brauch schimpfte. Tags drauf, an Allerheiligen saßen alle brav in den Bänken ihrer Kapelle und hörten seinem Wettern zu.

An den Tagen vor Halloween schnitzten die Erwachsenen und Kinder grässlich aussehende Fratzen in Kürbisse. Die postierten sie in Fenstern, Eingängen sowie Höfen der Gebäude, am Abend beleuchtet mit flackernden Teelichten.

Die Jugendlichen verkleideten sich, trafen mit Freunden aus den Nachbargemeinden zusammen. Sie zogen in Gruppen umher, von Haus zu Haus, und baten um Gaben. Kamen die Bewohner der Bitte nicht nach, folgte ein Streich. Mit etwas Glück bewarfen sie lediglich die Tür mit faulen Eiern, manchmal machten sie einen

Kreidestrich. Das war leicht wieder zu entfernen. Im letzten Jahr hatte jemand bei dem Ehepaar Beckers mit Sprühfarbe eine mannshohe grüne Katze mit einem feuerroten Schwanz auf die Wand gemalt. Der Übeltäter konnte nicht ermittelt werden, so blieben die beiden auf dem Schaden sitzen.

Heute rotteten sich fünf Jugendliche aus Steinebach mit vieren aus Brückenau und zweien aus Oberaubach zusammen. Sie sahen in ihren Kostümen und Masken schaurig aus. Nicht einmal die eigenen Eltern hätten sie so erkannt.

Starten wollten sie auf dem Aussiedlerhof der Stallmanns. Sie brachten das Dorf hinter sich und trudelten nach drei viertel Stunden Fußmarsch auf dem Hof ein. Zu der Anlage gehörte ein Hofladen. Rechts neben der Eingangstür türmte sich ein riesiger Berg aus Kürbissen auf. Mathilde Stallmann benötigte den gesamten Vormittag, um ihn aufzuschichten. Die Riesenkürbisse lagen unten, darauf die kleineren Muscat de Provence, oben die Hokkaidos.

»Lass mich anklopfen! Ich will auch mal den Türklopfer bedienen!« Lukas Pott drängte sich an seinen Freunden vorbei. Der als Zombie Verkleidete ergriff den Löwenkopf aus Messing und schlug damit auf die Holztür.

Otto Stallmann öffnete.

»Süßes oder es gibt Saures!«, brüllte die Schar ihm entgegen.

»Moment Kinder«, forderte er sie auf, verschwand im Inneren und kehrte kurz darauf mit einigen Tafeln Schokolade zurück.

»Danke«, kam wie aus einem Mund.

Die Jugendlichen verstauten ihre Beute in einem mitgebrachten Stoffbeutel.

»Wo ist Lukas?«, fragte Linda Mahler. Die schwarze Hexe war Lukas Freundin.

»Weit kann er nich sein«, meinte das Skelett, das auf den Namen Johannes Luxen hörte. »Bestimmt mal wieder pinkeln!«

»Sollen wir auf ihn warten?«, erkundigte sich ein Vampir.

»Ne, Harald. Geht ruhig schon vor. Ich schau mal, wo er hin ist. Wir kommen dann nach.«

»Und vorwärts, Leute!«, forderte Harald Roleber seine Freunde auf.

Sie erreichten gerade die Torausfahrt des Hofes, als ein Schrei sie zum Umkehren veranlasste.

Vor dem Kürbisberg standen Lukas und Linda, neben ihnen die Hofbesitzer. Gemeinsam starrten sie auf die Kürbisse.

»Was ist los?«, fragte Johannes, drängte sich an dem Ehepaar vorbei. »Nee, das glaub ich jetzt nich!«

»Das ist sicherlich nur ein dummer Streich«, meinte Stallmann. »Wer von euch hat sich den ausgedacht?«

»Sieht ziemlich realistisch aus«, erwiderte seine Frau.

»Von uns war's keiner«, verteidigte Harald sich und seine Freunde. »War der eben auch schon da drin?«

»Ich hab nich so genau auf den Haufen geachtet. Is echt cool«, grinste das Skelett.

»Den gesamten Morgen hab ich an dem Ding gestapelt. Die Mistdinger sind mir immer wieder auseinander- und davongerollt. Aber den hab ich nicht eingearbeitet.«

»Wie der einen anstarrt«, bemerkte Julius Schmaller, ein weiteres Gerippe.

»Wenn ich den erwische, der mir den Schabernack gespielt hat. Gnade ihm Gott!«, begann Stallmann jetzt zu schimpfen.

»Ausgerechnet das Gesicht von unserem Herrn Pfarrer!« Mathilde Stallmann bekreuzigte sich.

»Helft mir mal den Kopf da runter zu holen«, bat Otto die Jugendlichen.

»Aber dann fällt nachher alles zum x-ten Mal zusammen«, hielt seine bessere Hälfte ihn von seinem Vorhaben ab.

»Gut, gut. Morgen bauen wir sowie den Haufen ab. Die Kürbisse müssen rein. Sie vertragen keine Kälte.«

»Und ihr habt bestimmt noch einen weiten Weg vor euch«, drängte Mathilde die Halbwüchsigen zum Aufbruch.

Sie schob sie Richtung Ausgang und ging mit ihrem Mann ins Haus. Kichernd und feixend verließen die Teenager den Hof. Als ihr Lachen in der Ferne verklang, schlich Mathilde nochmals zum Kürbishügel. Sie betrachtete ihn nachdenklich.

»Was machst du denn hier draußen«, schreckte Otto sie aus ihren Gedanken auf.

»Ich weiß nicht. Schau dir das Gesicht mal genauer an. Sieht so echt aus«, forderte sie ihren Gatten auf.

»Quatsch! Da hat sich wieder einer so einen idiotischen Streich ausgedacht! Wie voriges Jahr bei den Beckers.«

»Ja, aber guck ihn dir doch mal näher an. Ich könnte schwören, der ist nicht künstlich.«

»Wie du willst! Bauen wir den Stapel eben jetzt noch ab! Schließ schon mal die Kühlkammer auf. Ich hol derweil die Schubkarre.«

Otto Stallmann hob die Hokkaidos herab und legte sie vorsichtig in die Karre. Zweimal war er bereits gefahren, um sie in den Lagerraum zu bringen. In der letzten Reihe über den Muscat de Provence befand sich der Kopf, der dort eigentlich nicht hingehörte.

»Wo sollen wir den hintun?«, fragte Mathilde.

»Am besten gleich in die Mülltonne«, bemerkte Otto.

Er griff nach dem Schädel und wollte ihn herabheben.

»Verflucht! Was ist das nun wieder?«, schimpfte er, verlor gleichzeitig das Gleichgewicht und fiel hintenüber.

Er schlug der Länge nach hin. Die Kürbisse machten sich selbständig. Sie rollten über den Hof. Einige platzten auf und verteilten ihr klebriges Inneres auf dem Pflaster.

»Otto! Kann ich dir irgendwie helfen?«, erkundigte sich Mathilde nach mehreren Schrecksekunden.

»Ja, ich denke schon.«

»Was denn, Schatzi?«

»Nenn mich erstens nicht Schatzi! Und zweitens heb den verdammten Pastor von mir runter!«

»Aber du hast mir gesagt, der wär nicht echt!«, kreischte sie. »Den fass ich nicht an!«

»Hör auf zu diskutieren und hilf mir!«, fauchte er Mathilde an.

»Wie kommt Pfarrer Michels eigentlich hierher? Der wohnt doch in Oberaubach«, sinnierte sie, während sie den Geistlichen an den Füßen packte und ächzend von ihrem Mann herabzerrte.

Otto erhob sich stöhnend, trat dicht an den Priester und schüttelte den Kopf.

»Weshalb schüttelst du dein weises Haupt?«

»Warum liegt der Schwarzrock tot zwischen unseren Kürbissen?«

»Weiß nicht.«

»Das dachte ich mir bereits!«

»Was machen wir jetzt mit ihm?«

»Woran ist der überhaupt gestorben?« Otto hockte sich neben den Diener Gottes und drehte ihn vorsichtig um.

»Weiß nicht. Vielleicht sollten wir den Doktor rufen?«

»Der kann ihm nicht mehr helfen«, entgegnete Stallmann, zeigte dabei auf einen großen blutigen Fleck im Genick des Verstorbenen. »Besser die Polizei.«

»Oh Gott, oh Gott!«

»Den auch nicht! Geh, ruf an!«

»Das gibt bestimmt einen Riesenärger.«

»Wieso?«, fragte nun seinerseits Otto.

»Die werden eine Menge Fragen stellen. Und was die Leute im Ort wohl dazu sagen?«

»Du hast ja recht! Aber was sollen wir mit ihm machen? Der ist nicht von allein gestorben. Da hat einer nachgeholfen. Guck dir das Loch in seinem Schädel an. Wer das möglicherweise war?«

»Möchte ich gar nicht wissen«, winkte Mathilde ab. »Wer könnte was gegen einen gottesfürchtigen Mann wie unsern Pastor Michels haben?«

Stallmann sah seine Frau an, grinste wie ein kleiner Junge, der eine grandiose Idee für einen Streich hat.

»Nein! Nein! Nein! Das kannst du nicht tun!«, rief sie.

»Oh doch!. Die haben mich schon oft genug drangekriegt. Jetzt bin ich dran!«

»Was willst du tun?«

»Komm! Hilf mir den Pfarrer auf die Schubkarre zu heben.«

»Und dann?«, jammerte seine bessere Hälfte.

»Wir bringen ihn zu Annkathrin.«

»Warum?«

»Hast du etwa nicht mitbekommen, wie sie ihn anbetet? Seit ihrer Jugendzeit.«

»Schon, aber der ist Pastor geworden! Das ist doch sinnlos. Der darf das nicht erwidern ... Jedoch zwischen dürfen und tun, liegen Welten. Man bekommt allerhand mit, indem man den Leuten zuhört. Nicht alles ist nur Getratsche!«

»Könnte die Annkathrin einen eifersüchtigen Liebhaber haben, der von ihrem Techtelmechtel mit dem Gottesmann Wind bekommen hat?«

»Möglich, warum sollen wir ihn ausgerechnet zu ihr bringen? Außerdem ist sie gar nicht zu Hause. Sie kommt erst übermorgen heim.«

»Egal, stell dir ihre Freude vor, wenn ihr Angebeteter bei ihr daheim auf dem Sofa sitzend auf sie wartet«, säuselte Otto. »Dann hat sie ihn endlich ganz für sich.«

»Aber wir wissen noch immer nicht, wer ihm das angetan hat«, grübelte Mathilde.

»Das wird Annkathrin sicherlich übernehmen, sobald sie zurück ist. Und jetzt hilf mir.«

Zwei Tage später weilten ein Polizeiwagen und ein Leichenwagen vor der Wohnung von Annkathrin Lamur.

Die Gerüchteküche in Steinebach begann zu brodeln. Die wildesten Verschwörungstheorien machten die Runde. Von einer heimlichen Liebe war die Rede, die abstrusesten berichteten von Teufelsanbetern. Einige meldeten sogar die Sichtung eines Ufos.

Ein Tag danach verhaftete die Kripo Herbert Bullich. Frau Lamur erwähnte, dass er ihr nachgestellt hätte, sie ihn aber abwies. Bullich gestand, den Pfarrer aus Eifersucht erschlagen zu haben.

Am nächsten Morgen entließ man ihn jedoch wieder.

»Mathilde, hier in der Todesanzeige von der Kirche steht, dass Pfarrer Michels an einem Herzleiden verstorben ist.«

»So kann man es auch ausdrücken«, erwiderte seine Gemahlin. »Man munkelt, dass die Kirche nur das Verhältnis vertuschen will. Deshalb ist der Herbert wieder freigekommen.«

»Das wird unsere Mitbürger bestimmt nicht sonderlich überraschen.« Otto Stallmann schlug die Zeitung zu.

Veritas

Das schrille Plärren des Weckers ließ Adrian Jasmund aus dem Schlaf hochfahren. Seine Rechte tastete nach dem Störenfried, brachte ihn zum Schweigen. Die Uhr zeigte ihm Viertel nach sechs an, Zeit zum Aufstehen. Neben ihm räkelte sich Luisa. Er schwang die Beine aus dem Bett, trottete barfuß ins Bad. Aus dem Spiegel sah ihm ein Fünfunddreißigjähriger mit stoppelbärtigem Kinn entgegen. Er stieg in die Dusche, genoss das lauwarme Wasser. Danach rasierte er sich, zog sich an und tappte, immer noch mit nackten Füßen, in die Küche.

»Guten Morgen, mein Schatz«, Luisa stellte den Kaffee auf den gedeckten Tisch. Sie musste erst später zur Arbeit, deshalb lief sie nach wie vor im Schlafanzug herum.

»Guten Morgen, Liebes. Du siehst umwerfend aus. Ist die Frisur neu?«, neckte er sie.

»Blödmann!«, schimpfte sie lachend, gab ihm einen Kuss auf die Wange.

Er ließ Honig von einem Löffel auf sein Brötchen laufen, beobachtete den Vorgang genauestens und verteilte die klebrige Masse, während er beiläufig fragte: »Gehen wir heute Abend zusammen essen?«

»Warum?«, erkundigte sie sich kauend.

»Vielleicht sind wir jetzt seit zehn Jahren verheiratet?«

»Wirklich? Bereits eine halbe Ewigkeit?«

»Was meinst du damit?«

»Keiner unserer Freunde hat so lange durchgehalten«, stellte sie fest. »Wir sollten uns langsam mal scheiden lassen.«

»Tja, ich werde drüber nachdenken.«

»Hast du schon einen Scheidungsgrund?«

»Wie wäre es mit: Meine Frau ärgert mich dauernd?«, feixte er und verließ lachend die Küche.

Im Flur kramte er eine winzige Schachtel aus seiner Jackentasche, auf deren Oberseite eine goldene Schleife glitzerte. Er legte das Kästchen vor Luisa auf den Tisch.

»Für das Beste, das mir bisher in meinem Leben passiert ist«, flüsterte er ihr ins Ohr.

»Alter Schmeichler«, murmelte sie und öffnete vorsichtig das Päckchen.

Im Inneren befand sich ein gefaltetes, zusammengerolltes Papier. Sie klappte es auseinander, erhob sich von ihrem Platz und gab ihm einen Kuss.

»Soll ich es umtauschen?«, fragte er grinsend.

»Wehe! Eine Reise in die Toskana wünsche ich mir schon lange.«

»Ich muss leider weg. Die Arbeit ruft«, sagte er und zog sich auf einem Bein hüpfend die Socken an. »Bis heute Abend«, er nahm sie kurz in den Arm und merkte im Hinausgehen an: »Ich habe einen Tisch reserviert.«

Adrian fuhr mit dem Bus in die Stadt, das ersparte ihm lästiges Parkplatzsuchen. Die Haltestelle lag direkt vor seiner Dienststelle. Er eilte in sein Büro im ersten Stock. Er hing noch mit einem Arm in seiner Jacke, als das Telefon klingelte.

»Dienstbesprechung beim Chef«, erklang die Stimme von Karin Hausmann aus dem Hörer.

»Bin gleich da.«

»Bringen Sie Gärtner mit«, bat die Vorzimmerdame.

»Mach ich«, versprach Adrian.

Im Hinausgehen zog er sein Sakko wieder über. Er pochte zwei Türen weiter an. Ohne eine Antwort abzuwarten, steckte er seinen Kopf hinein: »Morgen, Paul. Dienstbesprechung beim Alten!«

»Morgen, Adrian. Komme schon.«

Zusammen fuhren sie mit dem Aufzug in die siebte Etage, schritten den langen Flur entlang bis kurz vor dessen Ende. Auf der linken Seite prangte neben der Tür ein Schild mit der Aufschrift *Vorzimmer Kriminaloberrat Dr. Hubertus Mumpitz*. Sie klopften an, wurden hineingebeten und sofort zum Boss weitergeleitet.

»Setzen Sie sich«, forderte der die beiden ohne Begrüßung auf. »Heute Morgen hat es einen Überfall in einem Juweliergeschäft in der Birkenallee gegeben.«

»Verletzte?«, fragte Adrian.

»Eine Angestellte. Der Inhaber wurde erschossen.«

»Also ein Fall für uns«, stellte Paul fest.

»Der Laden gehört Heinrich Kolderer. Er war ein Freund von mir. Wir sind zusammen zur Schule gegangen«, wandte der Kriminaloberrat kopfschüttelnd ein.

»Das tut mir leid. Wir machen uns sofort auf den Weg«, versprach Adrian und schob Paul in Richtung Ausgang.

»Scheiße! Auch das noch«, fluchte der auf dem Weg nach unten. »Der Alte erwartet doch bestimmt, dass wir die Angelegenheit bis heute Abend aufgeklärt haben.«

»Das fürchte ich ebenfalls. Ich wollte mit Luisa essen gehen.«

Das Schmuckgeschäft befand sich im Erdgeschoss eines hellgelben Gründerzeithauses. Das Gebäude gehörte dem Juwelier, der gerade zur Gerichtsmedizin abtransportiert wurde.

»Morgen. Hauptkommissar Adrian Jasmund«, stellte er sich dem Polizisten, der den Tatort abriegelte, vor. »Und das ist Kommissar Paul Gärtner. Sind die Kollegen von der Spurensicherung schon da?«

»Drinnen«, nickte der Beamte in Richtung des Ladens.

In der Tür kam ihnen der Chef der Spurensicherung, Dr. Lukas Malmer, entgegen.

»Morgen, Adrian. Schlimme Sache«, meinte Malmer.

»Hast du was gefunden?«

»Eine Menge Fingerabdrücke. In einem Geschäft keine Seltenheit.«

»Wodurch starb Kolderer?«

»Dachte schon, du fragst nicht mehr. Eine Kuriosität«, antwortete der Forensiker geheimnisvoll.

»Wieso das?«

»Er wurde mit einem Streitkolben erschlagen.«

»Mit einem Streitkolben?«, fragte Gärtner nach.

»Mit einer altertümlichen Waffe?«, erkundigte sich Adrian.

»Nicht nur altertümlich. Sie stammt aus dem dreizehnten Jahrhundert.«

»Und woher weißt du das?«

»Oh, ich interessiere mich für Kampfgeräte und deren Geschichte. Von wo sie kommen und wann man sie wozu benutzte«, erklärte der Gerichtsmediziner. »Schon die alten Ägypter besaßen Streitkolben. Ein Treffer auf Arm oder Bein zerbrach die Knochen. Was geschah, wenn der Schädel getroffen wurde, brauche ich nicht näher zu erläutern?«

»War das bei Kolderer der Fall?«

»Ja. Er war auf der Stelle tot.«

»Und die Verletzte?«

»Gerlinde Voss, Schmuckfachverkäuferin. Ihr rechter Arm ist womöglich gebrochen. Sie ist wohl durch die Wucht des Schlages gestürzt. Anschließend ist sie mit dem Kopf gegen eine der Vitrinen gefallen und hat sich eine Gehirnerschütterung zugezogen. Aber alles nichts Lebensgefährliches.«

»Hat sie den Täter gesehen?«

»Nein. Sie hörte nur ein Klirren und ist in den Laden. Dann bekam sie den Hieb auf den Arm, stürzte und verlor das Bewusstsein.«

»Also als Zeugin untauglich«, murmelte der Hauptkommissar. »Wenn möglich, soll sie heute Nachmittag zu mir kommen. Veranlass das bitte, Paul. Kann ich die Tatwaffe sehen?«

»Sie liegt noch drinnen, neben der großen Vitrine mit den Pokalen.«

Adrian betrat den Raum. An den beiden Längsseiten befanden sich jeweils eine Reihe Tische mit eingelassenen Schaukästen. Dahinter erhoben sich deckenhohe Glasvitrinen. In sämtlichen glitzerten Schmuckstücke, aus edlen Metallen und mit allen erdenklichen Edelsteinen besetzt, um die Wette. Gegenüber der Eingangstür, rechts vom Zugang zu den hinteren Räumlichkeiten, stand der Kasten mit den Sporttrophäen, Kelchen und Trinkgefäßen, ebenfalls allesamt wertvolle Stücke. Unter den Pretiosen entdeckte er eine kleine Lücke.

»Wurde etwas gestohlen?«, fragte Adrian.

»Soweit wir feststellen konnten, fehlt nichts«, resümierte Malmer seine Untersuchungen.

Der Hauptkommissar ging auf die Umrisszeichnung, die sich zwischen dem Tischende und der Pokalvitrine befand, zu. Ein großer Fleck getrockneten Blutes auf dem schwarzen Marmorboden deutete auf die Kopfverletzung hin.

»Wo war Frau Voss?«, erkundigte sich Adrian.

»Gleich gegenüber. Sie fiel auf den vordersten Schaukasten. Das da vorn ist die Tatwaffe«, erklärte Malmer.

»Sieht wie ein Zepter aus.«

»Kein Wunder. Streitkolben und Keulen galten lange als Herrschersymbole. In Europa entstand aus dem eisernen Streitkolben das Zepter der Mächtigen. Das da ist ein sehr schönes Stück. Es ist aus Eisen mit einer feinen Einlegearbeit aus Gold«, schwärmte der Forensiker.

»Fingerabdrücke?«

»Nein. Der Täter trug wahrscheinlich Handschuhe.«

»Hm, hier ist nichts, das uns weiterbringt. Komm, Paul, fahren wir zurück ins Büro und schauen uns die Fakten nochmal in Ruhe an.«

Eine dreiviertel Stunde später hockten sie in Jasmunds Dienstraum. Es war mittlerweile vierzehn Uhr. Er hing Fotos vom Tatort an die Pinnwand, die den größten Teil der Wand hinter seinem Schreibtisch ausfüllte. Dieser diente gleichzeitig als Esstisch. Unterwegs hatten sie sich Kaffee und Brötchen besorgt, die in einem der Ablagekörbe lagerten.

»Eigentlich haben wir nichts«, stellte Paul fest und biss herzhaft in eine der Semmeln. Er saß vor dem Tisch und legte die Füße darauf ab. Neben ihm stand aufgeklappt ein Laptop.

»Du triffst es«, stimmte der Hauptkommissar ihm zu. »Keine Fingerabdrücke, keine Zeugen, keine brauchbaren Hinweise. Gab es ähnliche Fälle?«

»Zwei, die entfernte Übereinstimmungen aufweisen.«

»Lass hören«, forderte Adrian seinen Mitarbeiter auf.

»Wilhelm Linden, der Direktor des Museums für Geschichte, wurde in seiner Wohnung tot aufgefunden. Seine Verletzungen wiesen gleichartige Merkmale auf, wie die bei Kolderer gefundenen; nicht eine Spur von der Mordwaffe. Einige wertvolle Stücke aus seiner Privatsammlung sind weg.«

»Welche?«

»Warte, ich habe hier eine Liste«, antwortete Paul und tippte etwas in den Rechner. »Eine altägyptische Schriftrolle, Schmuckstücke aus verschiedenen Epochen und zwei Dolche.«

»Wie alt waren die Dolche?«

»Wie alt?«

»Ja, ich möchte wissen, von wann die Dinger sind.«

»Moment. Der eine stammt aus dem achtzehnten Jahrhundert, Gold mit Rubinen besetzt. Der andere geht auf das dreizehnte zurück, aus Eisen mit Goldarbeiten im Griff.«

»Und der zweite Fall?«

Paul stellte seine Füße wieder auf den Boden und gab einige Daten in den Computer ein. Adrian begann, im Zimmer hin und her zu laufen.

»Friedrich Strätner besaß ein Antiquariat. Er handelte mit alten Schriften, Schmuck und Kunstgegenständen. Seine Kopfwunden deuteten auf eine Schlagwaffe unbekannter Art. Auch hier fand man nichts.«

»Fehlte was?«

»Ein paar Bücher.«

»Lass mich raten. Darunter eines aus dem dreizehnten Jahrhundert«, abrupt blieb Adrian stehen.

»Richtig. Woher weißt du das? Sein Einband bestand aus schwarzem Leder ...«

»... mit Goldintarsien. In allen drei Fällen gibt es zwei Gemeinsamkeiten. Alle drei wurden erschlagen. Womöglich mit derselben Waffe. Bei jedem verschwand ein Gegenstand aus dem dreizehnten Jahrhundert.«

»Warum ausgerechnet aus dem dreizehnten? Das könnte ein Zufall sein.«

»Glaub ich nicht. Wenn ich bloß wüsste, was dahinter steckt?« Er trat seine Tour durch den Raum wieder an. »Verfügen wir über Bilder von den Tatorten und den gestohlenen Objekten?«

»Ich erkundige mich mal. Bei Kolderer fehlte aber kein Stück.«

»Mir fiel im Geschäft eine winzige Lücke zwischen den Kelchen auf. Irgendetwas muss dort gestanden haben. Frag doch mal Gerlinde Voss, ob sie was weiß. Außerdem möchte ich wissen, wo die fehlenden Sachen herstammen.«

»Woher?«

»Ich meine den Fundort. Es handelt sich bei den Gegenständen um Funde aus dem gleichen Jahrhundert. Sind sie genauer zu datieren? Wem gehörten sie ursprünglich?«

»Bin ich Archäologe?«, moserte Paul.

»Noch nicht«, feixte Adrian und griff zum Telefonhörer. »Ich übernehme dafür Frau Voss.«

»Wenigstens etwas«, motzte sein Kollege und beugte sich erneut über seinen PC. Nach einer Stunde ergebnisloser Internetrecherche fuhr er in die wissenschaftliche Bibliothek der Universität.

Am späten Nachmittag trafen sich die Kommissare im Büro wieder. Paul legte eine Mappe mit Fotokopien auf den Schreibtisch.

»Die Verkäuferin hat abgesagt, wegen der Gehirnerschütterung. Wenn es ihr besser geht, sollten wir vielleicht zu ihr hinfahren. Ich habe mir nochmals den Tatort angesehen, aber nichts Brauchbares gefunden. Wie sieht's bei dir aus?«, erkundigte sich Adrian.

»Hm, interessant.«

»Spann mich nicht auf die Folter.«

»Die drei Gegenstände stammen aus einer Ausgrabung in einer alten Klosterruine in Süddeutschland.«

»Gibt es etwas Genaueres?«

»Ich habe einen Bericht gefunden. Er stammt aus einer Diplomarbeit aus dem Jahr 1963. Darin geht es um eine Grabung in der Oberpfalz. Die Abtei wurde demnach um 1280 niedergebrannt. Man fand ein Gewölbe unter dem Kirchenschiff, in dem in Nischen die verstorbenen Mönche bestattet waren. In einer dieser Vertiefungen stieß man auf eine Truhe. In der befanden sich ein Buch, ein Streitkolben, ein Dolch und ein Kelch.«

»Sonst noch was?« Adrian strich sich durchs Haar.

»Nein, nur diese vier Dinge.«

»Steht irgendetwas über dieses Werk in dem Bericht? Verfasser? Inhalt? Wo sind die Stücke nach der Ausgrabung hingekommen?«

»Moment mal.« Paul blätterte in den Kopien. »An der Untersuchung war Professor Wilhelm Linden beteiligt.«

»Linden? Kann es sein, dass jemand versucht, die Objekte der Kiste in seine Finger zu bekommen? Warum? Was hat es mit den Teilen auf sich?«, laut nachdenkend lief Adrian durch das Büro.

»Hier ist eine Auflistung der Gegenstände aus der Grabung. Sie stammt von Raimund Öland, dem Assistenten des Museumsdirektors. Das Buch wird erwähnt.

Es ist in schwarzes Leder eingebunden und mit goldenen Buchstaben steht darauf *Veritas*.«

»Wahrheit?«

»Es soll sich um das Tagebuch des Abtes Frater Cornelius handeln.«

»Und was ist daran so wichtig, dass es jemand stiehlt und sogar dafür mordet?«

»Er war kein Gottesdiener, sondern hing angeblich irgendwelchen dunklen Mächten an.«

»Dunkle Mächte? So ein Schwachsinn!«, schimpfte Adrian.

»Ja, irgend so einem Satanskult, *Custodes Veritatis, die Wächter der Wahrheit*«, zitierte Paul aus dem Artikel. »Man hat ihn verurteilt und hingerichtet. Die Kiste wurde mit ihm verscharrt, der Orden aufgelöst. Das Kloster brannte aus unerklärlicher Ursache komplett nieder. Die Kirche baute es nicht wieder auf.«

»Aber was hat das Ganze mit den Überfällen zu tun?«

»Das steht hier nicht«, stellte Paul fest.

»Hm«, grummelte Adrian, schaute sich die Pinnwand mit den Fotos und Bemerkungen an. »Strätner besaß das Buch. Er las es bestimmt. Hatte er Mitarbeiter?«

»Ja, eine Halbtagskraft, die am Tag des Raubüberfalles nicht anwesend war.«

»Name?«

»Greta Vretmann.«

»Und der Linden?«

»Bei Linden gab es zwei Angestellte. Hannelore Güttner, Putzfrau und Gisela Vanderbilt, Sekretärin.«

»Welch merkwürdiger Zufall.«

»Was meinst du?«

»Ich suche mal Gerlinde Voss auf. Schau dir in der Zwischenzeit die drei Damen etwas genauer an. Versuch was über sie herauszufinden, vom Geburtstag bis zum heutigen Verbleib«, forderte Adrian Paul auf.

Er nahm seine Jacke und verließ die Dienststelle.

Der Hauptkommissar fuhr zur Wohnung der Verkäuferin. Sein Weg führte ihn in den Außenbereich der Stadt. Das Dorf, in dem Gerlinde Voss wohnte, war ein kleiner Weiler mit vielleicht zwanzig Einwohnern. Ihr Haus stand abseits, von einer hohen Buchenhecke umgeben. Es handelte sich um ein winziges Fachwerkhaus, zu dem man auf einem Kiesweg, der von Rosenrabatten gesäumt war, gelangte. Über dem Eingang verlief ein dunkelbrauner Balken. In diesen eingeritzt befand sich eine Jahreszahl, das Errichtungsdatum. In eingravierten Ziffern war das Jahr 1279 vermerkt.

Adrian klopfte an die Holztür. Nach einer kurzen Zeit des Wartens hörte er ein schlurfendes Geräusch, das sich der Tür näherte. Ein Schlüssel drehte sich im Schloss und die Tür schwang mit einem leisen Knarren auf.

»Ja, bitte?«, fragte eine circa fünfzigjährige Frau.

»Ich bin Hauptkommissar Adrian Jasmund. Dürfte ich Ihnen noch einige Fragen bezüglich des Überfalles stellen?«

»Sicher. Kommen Sie herein«, forderte sie ihn auf.

Adrian ging vor ihr her, entlang eines schmalen Flurs, der ins Wohnzimmer führte.

»Setzen Sie sich doch bitte. Mögen Sie eine Tasse Tee? Ich habe gerade einen aufgebrüht.«

»Danke, gerne.«

Er trank langsam von dem dampfenden Tee, bevor er fragte: »Sie heißen Gerlinde Voss?«

»Ja.«

»Kennen Sie eine Greta Vretmann oder Gisela Vanderbilt?«

»Ja.«

»Woher?«

»Herr Kommissar, ich denke, Sie wissen bereits zu viel«, meinte sie und lächelte ihn über den Rand ihrer Tasse an.

»Wie meinen Sie das?«, erkundigte er sich.

»Mittlerweile dürften Sie herausgefunden haben, von wo die Gegenstände stammen.«

»Ja, das fanden wir inzwischen heraus. Ich nehme an, bei dem in der Vitrine fehlenden Objekt handelt es sich um einen kleinen Kelch. Aus dem dreizehnten Jahrhundert, aus Eisen mit goldener Einlegearbeit. Richtig?«

»Sie sind gut«, lobte sie den Hauptkommissar.

»Sie begingen die Überfälle. Warum?«

»Mit allen vier Komponenten besitzt man eine Macht, von der Sie nicht einmal wissen, dass sie existiert. Sie ist uralt. Das war Frater Cornelius nebenbei bemerkt auch, bevor diese Unwissenden ihn umbrachten.«

»Erzählen Sie mir jetzt nur nichts von irgendwelchen obskuren Kulten.«

»Sie besitzen keine Vorstellungskraft«, schmiss sie ihm an den Kopf.

178

»Was haben Sie mit all dem zu tun?«

»Oh, ich stamme in direkter Linie von Frater Cornelius ab. Er war mein Ururundsoweiter-Großvater. Ich werde sein Werk fortführen. Mir fehlt nur noch der Streitkolben. Aber den beschaffe ich mir über kurz oder lang.«

»Das verhindere ich! Mit Sicherheit«, bemerkte Adrian.

»Das wage ich zu bezweifeln«, verkündete Gerlinde Voss und lächelte ihn an.

Die Frau ihm gegenüber wuchs in Richtung Decke, ihr Gesicht überzog ein boshaftes Grinsen. Gleichzeitig begann das Zimmer, erst gemächlich, in der Folge unaufhörlich schneller werdend, um ihn zu rotieren. Ihm wurde schwindlig; der Raum um ihn herum versank in Finsternis.

Das schrille Plärren des Weckers ließ Adrian Jasmund aus dem Schlaf hochfahren. Seine Rechte tastete nach dem Störenfried, brachte ihn zum Schweigen. Die Uhr zeigte ihm Viertel nach sechs an, Zeit zum Aufstehen. Neben ihm räkelte sich Luisa. Er schwang die Beine aus dem Bett, trottete barfuß ins Bad. Aus dem Spiegel sah ihm ein Fünfunddreißigjähriger mit stoppelbärtigem Kinn entgegen. Er stieg in die Dusche, genoss das lauwarme Wasser. Danach rasierte er sich, zog sich an und tappte, immer noch mit nackten Füßen, in die Küche.

»Guten Morgen, mein Schatz«, Luisa stellte den Kaffee auf den gedeckten Tisch. Sie musste erst später zur Arbeit, deshalb lief sie nach wie vor im Schlafanzug herum ...